死学のすすめ

死はおそれるもの
ではなく学ぶもの

曽野綾子
Sono Ayako

ワニブックス

はじめに

私は幼い時から夢のない子だった。父母が仲が悪い夫婦だったこともあって、未来とか、結婚とかに夢が持てなかったせいだろう。

私に関心があったのは、現実に起こりそうな危惧ばかりだった。「貧乏」「病気」「死別」「天災」などである。起こり得る不幸は、予想することによって備えることができる。百パーセント備えられなくても、少しだけ冷静に受け止める姿勢を作ってくれる、と思ったのである。

知人にも数人変わり者がいた。社会的にはあまり出世しなかったが、思いがけずヘルマン・ヘッセの詩に詳しかったり、何の趣味もない人のように見えながら、鎌倉を通りかかると、場末の古道具屋を覗かずにいられないような人もいた。

どちらも現世の暮らしからどこかはみ出している部分を持っている人たちだったが、そのアンバランスの故にすてきな精神を持っている人たちだった。

死を想って備えるのは「道楽」に近い。しかし素人演劇に入れあげるよりは、はるかに金銭的被害が少ない上、いささかの実利はある。

素人が芝居をすれば、上演当日に「あんな芝居は見ていられなかった」か、「びっくりしましたよ、皆上手で」か、お世辞だということがわかり切ったような褒め言葉などが返って来るだけだが、一人の個人の死の真実は普通なら世間にあばかれることもない。

人に知られない部分こそ整えて置くことが、折り目正しい人間の生き方だという面もある。私は自分の過去を思い出してみると、戦争中の食料不足、空襲、受験、子育て、まあ何事によらず、ドサクサでその日々をすごして来た。立派な生き方だと思ったことはないが、世間の人々の大部分はそんなものかもしれない、という気はしている。

だから死にざまも、ドサクサまぎれでいいのだが、老年というものは少しヒマができている。とするなら、最期にすることは、死ぬことだけなのだから、ほんの少しだけ自分好みの死に方ができるかもしれない、と思うことも許されるだろう。

しかしそれはあくまで現実性のない理想である。

ただ人間は百人のうち九十九人まで愚かなものだから、理想に少しでも近づけるかもしれないという「理想ではない夢想に」、少し近づいても許されるのである。

令和二年　三月三日

曽野綾子

第2章　死の記憶

第3章　どんな死にざまにも意義がある

第4章　見送る側の務め

第5章 遺される者のために

編集協力：滝本愛弓（ワニブックス）

第1章

死を学ぶこと

死ばかり考えることで、明るい人間と思われた

実は先日、私は大変尊敬している一人の人物に会いました。私は自分と職業の違う人が好きで、それは恐らく私の功利的な精神からでたものと思われますが、その日も私には想像もつかない世界のお話を伺って非常に楽しかったのです。ところが最後になってその方が、

「僕は死ぬことなんて普段考えたこともないなぁ」

とおっしゃった時、モーレツな「嫉妬」の感情を覚えもしましたし、同時にこの方と私は同じ人間なのだろうか、と不安にもなったものです。この気持をもう少し分析させて下さい。

私は人並み以上に怖がりですから、本当は死ぬことなんか全く考えずに暮らしたいのです。しかし私がそうできなくなったのはどういう理由からだったのでしょうか。

ひとつにはそれは性格だという人がいます。人間には死に向かう性格と生に向かう性格とがある。生に向かう文学者の代表が谷崎潤一郎で、死に向かう作家の典型が川端康

成だとおっしゃった評論家がありますが、これはわかりやすい分類かもしれませんね。

　この二つのタイプを比べてどちらが得かというと、それはもう谷崎型に決まっています。

　私は若い時から明るい作風だなどといわれると嬉しくてたまりませんでした。評論家などという方たちにも目のない人がいるものだなぁ、という気が内心しないでもありませんでしたが、暗い作品だといわれるよりはなんとなく世の中に害毒を及ぼしそうにない気がして、しめしめという感じがしたものです。

　しかし私の中にあるのは昔から徹底して死に向かう意識でした。私はこれでも多少分裂した性格ですから、暗い性格を暗いままに表現するなどという素朴すぎることだけはしたくないと思っていただけです。それは私が都会生まれだということとも関係があるように思えてなりません。都会人というのは羞恥の感情が不当に強いように思います。つまり破滅的な感情に苛まれていても、実際に死ぬ前から太宰治みたいにはめろめろになって見せたくはない。

　本当に発狂でもしない限り、自殺する日まで自殺など匂わせないでいようというような奇妙な見栄があるのかもしれません。私はほかの見栄は割と少ないほうだと思いますが…。

つまりどのような深刻な事態でも、できれば触れまわらずにいたいのです。言い方を変えれば、小さい時から死ばかり考えてきたからこそ、私は明るい人間と思われることができたのだと思います。

『旅立ちの朝に――愛と死を語る往復書簡』
曽野綾子・アルフォンス・デーケン　新潮文庫

死は生を味つける塩

私はこういう場合、自分の心に、実に微妙な分裂したものを感じます。

私はもちろん、一般的に言って「そこ」が（どこでもいいのですが）安全だと思うから行くのです。その証拠に、私はしばしば家族に「あんなおっかないとこ、私行かない」というようないい方をすることがあるのですから。

しかし、百分の一か千分の一の率で、私も人並みに良き死に場所を求めているということも本当でしょう。もちろん、そこで私が良き死を遂げられれば、の話です。私は砂漠とか、海の上とか、強制収容所などで生命の危険に陥ったら、まちがいなく、取り乱し、他人の水や食料を奪い、苦しんでいる人を見捨て、ということをするに違いありませんが、見栄っぱりの私はそういう状況で死ぬことだけは避けたい、と願っています。

私の友人の中にも私が事故で死ぬことを恐れてくれている人たちがいますが、恐れ、ということは期待するということでもあります。もちろん、その人たちは、私が早く死ねばいい、と言っているのではありません。それどころか、五十代でもこんなに嫌らしい性格なのだから、九十まで生きたら、どんなにしまつの悪いバアさまになるだろう、ということにきわめて現実的な空想を巡らし、イヤミを言ってくれています。

しかし一方で私が人間として夢を持ち、闊達に働いている最中の死を期待してくれる、ということも、友人としての一種の愛でしょう。私たちは、只生きればいいというものではありません。生きるよりも死ぬことに、意味のあることもあります。「一粒の麦がもし死なければ」という聖書の思想はすばらしいものです。一粒の麦になって死にたくない、という考え方もありましょうが、一粒の麦になれるチャンスなど、そう誰にもあるものではありません。

私はこの頃、なぜ老人に老年の苦しみが与えられるか、ということが少しずつ、わかるような気がし始めました。

　おかしな言い方ですが、若いうちには、複雑な老年を生きる資格も才覚もないのです。自分の体の自由がきかなくなったり、記憶力が悪くなったり、美しい容貌の人が醜くなったり、社会的地位を持っていた人がそれを失わねばならないようなことになって、あとただ残るのは、自分の気力と本当の徳の力だけ、というようなことになったら、若者ならとうていそれを耐える力はないと思われるのです。そしてそのような老年の条件の中で、多くの人はその人なりに成長します。つまり少年期、青年期は体の発育期、壮年と老年は精神の完成期ということです。その中でも、老年期の比重は大変重いでしょう。

　割と最近、或る修道女から、胸をうつようなお話を伺いました。その方の所属されている修道会では、ローマだかパリだかで総会が開かれ、そこに世界各国からその会の代表者のシスターたちがお集まりになるというのですが、そこでやはり修道女たちの老年の問題が話に出ました。修道女たちといえども、教職その他を停年になった後は、私たちと同じように生活の変化に備えねばなりません。

　その時、一人のアフリカからいらっしゃったシスターが言われたそうです。

「皆さんがたは、そういうことも考えなければならないのね。私たちの所では、老年なんて、問題にならないの。だって平均寿命が四十五歳なんですもの」

私はこの感動的な発言を、一瞬、老年の問題がないとは、何という羨ましいことだろう、と考えたのです。しかし、数分後には、そのような自分の受けとめ方は、何という浅はかなものだろう、と思いなおしました。

老年を知らずに済むということは、やはり貧しいことなのです。それは人間を完成させずに死に追い遣ることでしょう。もっとも私は、医学がただ人間の延命だけを考える時期は終わったと思っています。もし不必要な老化を防ぎ、そしてほどほどの期間だけ、老年を味わって生かしてくれるなら、それは何ともありがたいこと、と言わねばなりません。

たとえ、まだ、三十歳、四十歳の方でも、死はそれほど遠いものではありません。死はいつでもやって来ますし、すぐ老年になります。しかし死は生を味つけしてくれる塩なのです。


『旅立ちの朝に――愛と死を語る往復書簡』

曽野綾子・アルフォンス・デーケン　新潮文庫

ルルド——死を約束された人々が集う場所

ベルナデッタという田舎の少女に聖母マリアが現れ、その出現の洞窟から奇蹟の泉が湧きだしたという南フランスの一寒村ルルドの町は、信仰のあるなしにかかわらず強烈な印象を与える土地ですね。そこにはいつも現代医学に見殺された重い病人たちが集まっています。ご復活の前夜、聖土曜日には、地下の大聖堂に数千人の人々が集まりましたが、その一部は、寝たきりや歩けない人たちの、移動寝台や車椅子の「駐車場」に当てられていました。そして「アレルヤ」の大合唱と共に、病人をも含めて、数千人の人々が高く掲げる蠟燭の明りが、どんな惨めな肉体の状況にあっても、人間はれっきとして輝く魂を持つものであり、総ての人は死に約束されていながらも尊厳に満ち、いや、むしろ死につながれたその苦悩自体が、人間の生の証のために用意されているのだということを、納得させずにはおかないものでした。

動物は苦痛に苦しむことはありますが、どうして死の予兆に脅えたり、別離の予感に泣いたりするものでしょう。それらはどれも、人間にしかない能力です。ですから、本当に人間的な人にとって、むしろこの世は常に悲しみと不安の場であり、死の可能性を日常的に感じているはずの場所なのです。私たちは生を通しても共通なものも持ちえますが、なによりも確実に平等になれるのは、めいめいが一つずつの確実な死を持っているという現実です。そしてルルドの光景は、その共通の運命を逃げることなく正視し、それゆえに、さしあたり死の迫っている人にも過剰な労りを見せることもなく、しかしその最期に近い人の希望ができるだけ、かなえられるという形で尊厳に満ちた死を迎えられるように配慮されています。

『旅立ちの朝に――愛と死を語る往復書簡』
曽野綾子・アルフォンス・デーケン　新潮文庫

人は皆、思いを残して死ぬ

人間はいつ迄も元気で生きるような気がしていますが、私たちの信仰では、日々死を思うように習慣づけられています。

死があってこそ、初めて私たちは生を認識するのですし、それはとりもなおさず、死は生の延長と考えることになります。私は今や欲ばりになり、近くなって来たかりそめのお別れの日（つまり死の日）までに、おもしろいこと、楽しいこと、心にかかっていることは、総てやっておこう、と思うようになりました。とは言っても、「総て」やれるとは全く思っておりません。若い時からの私の実感なのですが、人間は皆思いを残して死ぬのです。

そして未完であることが、何より人間らしいし、私はその愛らしい自然さを、双手をあげて、他人の上にも、私の上にも承認しようと思っています。現実の目がたとえ病気でなくともそろそろだめになる頃に、人間は皮肉にも、いや幸運にも、人生を今迄の幾層倍にも味わえる第二の目を与えられる、というのは考えてみるとおもしろいことですね。

『別れの日まで――東京バチカン往復書簡』曽野綾子・尻枝正行　新潮文庫

「この世で最高のものを」

湯ヶ島には厠の神さまを祭ったお寺があり、友人と二人でその近くまで散歩に行ってみましたが、千葉県あたりからまで、団体バスが、年をとっても他人さまに下のお世話にだけはなりたくないと思っている善男善女を乗せてやって来ていました。けっこう若い人が混っているので、私たちは甘酒を飲みながら感にたえて眺めていました。

表現はやや土俗的になっていますが、つまり彼らが一様に願っていることは「よき死」なのです。

私がそのことを初めて感じたのは、ヘロドトスの中に出てくるアテナイの人ソロンとサルディスのクロイソスとの間に交された、クレオビスとビトン兄弟の話を読んだ時です。この二人の息子たちの母親はどうしてもヘラ女神の社まで行かねばならなかったのですが、乗って行くべき牛車の牛が畑に出ていて、いませんでした。それでこの孝行な兄弟は牛の代りに自分たちが軛《くびき》につき、約八キロの距離を引いて行ったという有名な話です。

この話の最後は、かなしくあたたかいものですね。つまり、彼らの周囲の人々は若者たちの体力をほめそやしましたし、女たちは彼らの母に、いい息子を持ってしあわせだ、と言いました。それで母は喜んで神に祈ったのです。「どうぞ、この二人の息子たちに、この世で人間として得られる最高のものをお与え下さい」と。

犠牲をささげて、宴会が楽しく行われたあと、疲れ切った二人の兄弟は社の中で快い眠りについたのですが、実は、それで、この二人は二度と目覚めなかったのです。「この世で最高のものを」と祈った母の願いは、そのような形でき入れられたのです。

これは私の好きな、やや麻薬志向的な話なのかも知れませんが、この若者たちは、決してこの世が生きて甲斐なきものとは思わなかったような気もします。彼らは、通俗的な意味でもその青春の絶頂に、人々から充分に報いられ、かつ、人（母）のために尽して死ぬという内面的な充足感も充分に味わって死ねたからです。

『別れの日まで――東京バチカン往復書簡』曽野綾子・尻枝正行　新潮文庫

人生の後半に必要な操作は、許容、納得、断念、回帰

私のこれからの人生の後半に、最も必要な操作は、許容、納得、断念、回帰だと思ったのは、死海の傍にいた時でした。今はまだどれ一つとしてうまく行っていませんが、この四つの操作を本当に自分のものにできたら、私の最後の時間はずっと濃密なものになるでしょう。

許容というのは、それぞれの人が、それぞれの特性をどう神に使われて生きるか、ということを知ろうとすることです。或る人の善き特質が用いられる場合もあり、その人の悪が社会の動きにインパクトすることもありましょう。そのような壮大な「神のからくり」はとうてい私たちには見抜けないと知りつつ、でもできるだけ多くのものを許容すること、これが私にとって第一の訓練です。

第二にもしできれば、それらを心からなる納得をもって受け入れることです。その時、私はもっと深い喜びを得ると思います。私にとって——この世に恋するということは——神の計画の真意を常に遅まきながら感じとって行くことです。もし私にとって神が

愛の対象であれば、私の愛の対象から何をされても、私は納得できるでしょう。私はそのように盲目になって生きたいのですが、いざとなったら私はきっとぶつぶつボヤクことでしょう。

第三の断念は、前の二つと不可分の関係を持つのですが、自分の得られなかった希望や望みに対して、きれいに諦めを持てるように、常日頃、自分の心を馴らしておくことです。私は小心なせいか、この世の多くのことは、この断念が早くできないから起きているように思えてなりません。しあわせなことに私のように小さい時から不幸の実感と毎日仲よく暮していた者は、断念することに馴れていて、そうむずかしいことだとは思いません。

もちろん、私にも別れたくない大切な人々がたくさんいて、その人々が死んで行く時のことを考えると、自分を失いそうになりますが、幼い時から、私の生きて来たこの世はサンタンたるものでしたから、あれが原型だ、再びあの地点に還るだけだというなら、そういうものなのだろうな、という気はします。私はひとより断念は少しうまいかも知れません。そして断念は、神父さまの言われる自由への道の、一つの確実な方法ではあるのです。何となく志低いやり方ですが。

そして最後の回帰ですが、これは何に回帰するのか、はっきりしなければならないでしょう。私の場合、それはもちろん、できうれば「永遠の生命」に回帰することですが、ひとによって何に回帰するか決めればいいと思います。ただ晩年、人間はどこに還るのか、決めなければならないような気がします。行き先がはっきりしていないのは何にせよ不安なものですから。

今、私の足許にはアラスカの雪を頂いた山が見えています。底ぬけに明るく、厳しく、祝福された山の姿です。その山の姿は私を大変（私らしくないほど）冷静にしてくれます。これからは誰にでも「そのひとが望むこと」を私も望むようにして生きて行きたいと思います。

『別れの日まで──東京バチカン往復書簡』曽野綾子・尻枝正行　新潮文庫

人生は生きるに価すると言い聞かせ続ける

若さというものはすごいものですね。誰でも本当に生きることしか視野のうちにないのです。というか、死とは何であるかを知ることのできるのはずっとずっと年をとってからです。

そしてこれから先は私の告白になるのですが、私は生まれてこの方、恐怖や悲しみの感情の抱き合せなしに、純粋の喜びや希望を持ったことがあまりないのに気づきました。もちろん、私だって瞬間的には、輝くような透明な喜びや陶酔を味わいました。ことに私にとって、自然は大きな影響力を持っていました。三戸浜の海の家からの眺めを、私が愛しもし恐れもするのは、あそこで海を見ていると、私は自分の存在が薄れてしまうからでした。一切のものが、この地球上で消えて行くことを思う時——私は消えて行く場として海を見ていたのですが——しかもそのことが、バラ色の夕映えの祝福に染っているように見える時、その瞬間だけは神父さま、私はこの世で何に執着できるでしょうか。私は強欲で、利己的でしたけれど、何もかもお笑い草という感じがしました。

しかし、自然以外のものごとの運命に対しては、私の心はいつも割れていました。本当に私は一分以上、いえ五分と持続して、湧き上るような喜びにひたった覚えがありません。いわば自然の流露としての生の歓喜は常に悲しみにオーバーラップされる、というのが普通だったのです。

それは、心理学風に言うと、私が歪んだ夫婦を父母として育ったから、というようなことになるのかも知れません。私は子供らしく自然に生きる、ということを許されない環境で大きくなりましたから。

しかし、それから先が大切なのですが、私にはそのような面があったからこそ、人工的にこの世のみごとさを見つける技術も覚えたのです。のびのびと育った人は、オアシスの水を青草のしげる岸から楽々と汲むのですが、私はよく言われる乾燥アジアのカナート（地下水路）から苦労して水を汲み上げることを運命づけられた人間のようなものです。水辺から楽に汲める水もすばらしいものです。しかし私のように意識的に、この世のみごとさを見つけて、自分に、人生は生きるに価するものだ、と言い聞かせつづけることも、それはそれなりにまたもっと味があるものと私は思っています。


『別れの日まで——東京バチカン往復書簡』曽野綾子・尻枝正行　新潮文庫

間引くか間引かれるか

私は、農業をやって納得したんです。必ず「間引き」をやらなきゃ、どんな葉っぱひとつでも育たないんです。

だから人間もある程度積極的に、生かす者を生かして、体力の尽きた老人を排除していくことが必要なんです。私が決めたんじゃなく、それが自然の摂理というか。一粒の麦がもし死ななければ……って有名な言葉がありますけど、あれも親麦が死ぬことで、豊かな実りが得られるという話ですから。

皆いつまでも生きられるような気がしているのは、農業をしなくなったからですよ。私は畑でもって、自分が「間引かれる」側に立つことも納得しているんです。間引くか、間引かれるか、どちらかになるんです。

『野垂れ死にの覚悟』曽野綾子・近藤誠　ＫＫベストセラーズ

「老・病・死」を見つめる

私自身、自宅で親たち（私の母と夫の両親）三人を看取った経験がありますが、かつては血を分けた家族や嫁に感謝しながらの大往生には、人間らしい伝統的な看取りの文化が色濃くありました。しかし今は自宅での死を望んでも、実際は八割以上の人が病院の中で亡くなるという、死が見えづらい社会です。家族みんなが見守る中で祖父母が死に逝く姿を見るのは自然なことなんです。犬や猫でもいいから、子供のうちからそれを見ることで死を学んでいくべきなのです。

幼い頃祖母の仏壇には、地獄極楽の絵などもおいてあって、私はその説明をせがんでいました。その時に「嘘をついたら閻魔様に舌を抜かれるよ」、「悪いことをすると血の池地獄に落ちるよ」などとおどされて育ちましたが、それはそれでよかったですね。それはいかにしてこの世を生きるべきか、という土俗的な倫理観でした。またその一方では、お墓参りに行くたびに「人はみないつか骨になって墓の下に入る」とも教えられた。人間に生老病死があることは、いつの時代も変わりません。それなのに戦後教育は「生」

を唱えるばかりで、人間の「老・病・死」をしっかり見つめることを教えて来ませんでした。

『人間の基本』新潮新書

死だけは教えなきゃいけない

私にとって死とは、電車に轢かれかけたとか、友達が死んだから考えたんじゃない。毎日考えてました。

逆に、どうして考えないでいられるのかなぁって思います。一番おかしいのは七〇、八〇くらいの人が「そろそろ死を考えるようになりました」って言ってるんですよ。遅いんじゃないの、今まで何してたんだろう。正直言って、そう思います。

これは極めてつまらない結論ですけど、文科省も悪いんですよ。死学を教科にとり入れるべきなんです。死はみんなに一〇〇パーセント来ることなんですから、教えなきゃいけない。そうでしょう？　ビルの火事とか、船が沈んだ時の脱出法なんて、大抵の人が遭わなくて済む事故ですから、本当は訓練しなくてもいいんです。
でも死だけは教えなきゃいけない。

『野垂れ死にの覚悟』曽野綾子・近藤誠　ＫＫベストセラーズ

あらゆるものは貸し出されたものにすぎない

わたしたちが持っているもの――命も、家族も、悲しみも、喜びも、物も、この世とのかかわりも、すべてがやがて時の流れのなかに消えていく。永遠に自分のものであるものなどないのです。爽やかな儚さです。

こういうふうにみんなが認識できれば、何かを得るための争いや犯罪は減るでしょう。得られない苦しみや、失ったときの悲しみも少しはなくなるでしょう。生に対する執着も弱くなって、死への恐怖も薄れるでしょう。

命を含むあらゆるものは、一時的に私たちに貸し出されたものです。わたしたち人間は小心だからこそ、あらゆるものを得た瞬間から、失うときの準備をしておいたほうがいい。弱い自分を救うためにも、わたしはそう思うことにしています。

「明日、最期の日がきてもいいように、今日一日を自分らしく生きなさい。明日からは、もう何も失うものはなくなるかもしれないんだから」

わたしにはパウロがそう言っているように思います。

『幸せは弱さにある』イースト新書

自分に謙虚になることで、一生を振り返る

人生を終えるのも、もう後ほんの少しとなって来ると、誰でも考えることかもしれないが、自分の一生は果たしてこれで良かったのだろうか、という疑いが、時々心に浮かぶようだ。

そんな迷いなど、若い時は口にするのも恥ずかしくて友だちにも言わなかったものだが、さすがに残り時間も僅かになってくると、そんなことを気にしてもいられなくなるのだろう。

とにかく後数年で死ぬ前に、一応答えを出しておかねばならないのだ。いろいろ考えて、たいていの人が、どうやら自分を納得させるだけの答えらしいものを見つけ出す。どうやって納得するかというと、つまり謙虚になるのである。

自分が操作可能な程度の頭や体力だったら、つまりはこの程度の働きをするのがやっとだった。

自分はそれに従ったのであって、その意味で言えば、オリンピック選手が世界新記録を立てて引退したようなものだ、と思いかけるのである。

『新潮45』２０１８年8月号　新潮社

生も一人、死も一人

今、私にわかっていることは、自分の早い死を瞬間的に願うことはあるかもしれないけれど、自殺してはいけない、ということである。

人間は生き方において自分の行動に責任を取り、常に自分自身の人生の主人でいなければならないのはほんとうだが、寿命は天命に任さねばならない、ということだ。

あらゆる動物はそのように生きているのだし、人間もまた動物としての運命に準じている。人間だけ特別でいいということもない。

生も一人だが、死も一人だということだけは明瞭にわかっている。そういう運命になった時、別に自分だけが不幸なのではない、と自分に言い聞かせる叙知を若いうちから持つようになることだ。

ただ人生は意外と優しいもので、一人で生きにくかったら、そうしなくても済むかもしれない方法が実はたくさん用意されていることを知っておいてもいいかもしれない。

今私が望んでいるのは、話の合う人たちと幾つになっても食事をすることだ。外へ食べに行ってもいいが、自分の体が利いたら、私は料理が好きなのだから、自宅でお惣菜を作って食事に招きたい。「イワシの丸干しだって尾頭付きなのよ」と言うと皆納得している。

かつてどのような偉いポジションで仕事をしていた人にでも、後片付けは手伝ってもらっていいだろう。

人生の時間を、縁のある、気の合った他人と少しずつ共有することができたら、それは大きな幸福だし、成功なのだと思えばいい。
しかしその基本には、一人で生きる姿勢が必要なのである。

『人生の後半をひとりで生きる言葉』イースト・プレス

自分の死を自分のものとするために

英字の新聞だと、つい読解力の不足から読むのをさぼって溜めてしまうことも多いので、私はいつも新聞ならぬ旧聞を読むことになる。

その記事の一つにイギリス王室の葬儀事情のようなものが書かれている。既にウィリアム王子とヘンリー王子のお二人は、自分の葬儀をどのように行うかの意見を聞かれたという。もちろん他の王室のメンバーも、高齢の方から、そのご希望を政府が調査しているというが……。

それというのも、英国政府はダイアナ妃の突然の死去の時、ずいぶん混乱したらしい。そのような不手際が二度と起こらないように、葬儀の時に誰と誰をよぶか、どんな音楽を望んでいるかを、生前に聞いておくことにしたのだ、という。ダイアナ妃の葬儀の場合、三千三百二十万人のイギリス人と、世界中の二十五億人の人がテレビでその葬儀を見守った。エルトン・ジョンの『キャンドル・イン・ザ・ウインド』という歌の演奏もその中で行われたのである。

ウィリアム王子に関しては、既にその作業は終わっているというが、王子はまだ十八歳なのだ。そしてヘンリー王子にいたっては当時まだ十六歳であった。

「伝統的に、(葬儀の)用意は高齢の王族からなされている」と新聞は報じている。もちろん、これは万が一の時の用意だとは言うが、十六歳と十八歳の青年に、自分の葬儀のプランを聞くなどということは、キリスト教国でなければ「縁起が悪くてできないこと」だろう。

しかし私は、必ず起こることに備えるのは当然だと思っていたし、今でも思い続けている。だからこそ臨時教育審議会(一九八四〜八七年)の時「死の準備教育を必ず義務教育の中に取り入れること」を提案したのだが、全く無視された。しかしその後民間で、この教育はどんどん一般化した。死は、運がよければ避けて通れるというものではないのだ。だからいかなる人も例外なく、事前に学び、考え、用意するのは当然である。

しかし私の見聞きする限り、多くの人はまだ、自分の死を自分のものとしていない。もちろん死んだ人間は自分で自分の始末をできないのだから、誰かのお世話になる他はないのだが、それでも葬式には、この程度の費用をかけなければかっこ悪い、などという「常識という名の圧力」がまかり通っている。あるいは、不合理な伝統が、社会の圧迫で取り除けない。

死者は、自分が自分の葬式の主である権利があるだろう。というよりその望みを叶えるのが死者への愛だ。豪華な葬式を望む人は葬式産業の隆盛を支えるし、質素な葬式を望む人には最後の静謐を与えたい。

若者にも、もっと死を考えさせたい。そうすれば、人を殺すことや自殺することが、どれほど重大なことかわかるだろう。そして今生きていることがどれほど輝いているかもわかるに違いないのである。

『至福の境地』講談社文庫

死の近づきで、思索的になれるのは人生の贈り物

考えてみれば、誰もが公平に一度ずつ、人生を考えねばならない死の時を持つ、ということは、大きな贈りものなのかもしれない。

若い時にはお金と遊びのことだけ、中年になると出世と権勢以外のことはほとんど考えないという人がいる。しかしそういう人でも死が自分の身辺に近づいて来るという予感がすると、やはり思索的になる。そして思索的になる、ということだけが、人間を人間たらしめるのである。そうでなくて、餌（食物）のこと、セックスのこと、縄張り（権勢）のことだけしか考えない人間は、やはり動物とほとんど同質の存在ということになる。

『誰にも死ぬという任務がある』徳間文庫

もっとも身軽になる晩年はいいもんだ

よく人は、老年は先が短いのだから、という。その言葉は願わしくない状態を示すものとして使われるのだと思う。しかし私はそう感じたことがない。もう長く苦労しなくて済む。もう長くお金を溜めて置いて何かに備えなければならない、と思わなくて済む。もう長く痛みに耐えなくて済む。晩年はいいことずくめだ。晩年には、人生に風が吹き通るように身軽になる。晩年には人の世の枷が取れて次第に光もさしてくる。

『晩年の美学を求めて』朝日文庫

死は通過儀礼に参加すること

人生は初めから終わりまで「過程」である。そこにその時々によって儀礼的なものが加わる。途上国の部落では、いろいろな通過儀礼が行われると、ものの本で読んだことを切れ切れに覚えている。青年たちだけが集まって暮らす家で共同生活をしたり、高い崖や樹から足を縄で縛って飛び下りたり、割札のような外科的処置を受けたり、それぞれ当人にとってはいささか過酷な試練をへなければならない。

先進国でもそれに似たことはある。入試のための受験、経済的独立という重荷、出産、老いた親の世話などである。こうした要素のない人生も、地球上にはないのである。死はその最後の一つだと考えると、それを避けようとするような悪足掻きはしなくなるだろう。

むしろ死は、通過儀礼に参加することなのである。死は誰にでもでき、誰でもがそのことで後の世代の成長に資することができる。

『誰にも死ぬという任務がある』徳間文庫

生を受け入れ、そして死を受けいれる

キリスト教の教会は、生と死を一つの連続したものとして受け入れる。ヨーロッパな

どでは、生まれたばかりの赤ちゃんの洗礼式や結婚式の行われる教会は、多くの場合、その床や壁や地下が、そこにゆかりのある功労者たちの遺骸を埋めた墓地になっている。つまりめでたい洗礼も結婚も、死者たちの眠る墓場の上で行われるのである。それが私たちの生涯の姿を暗示する。私たちは生を受け入れたなら、死をも受け入れなければならないのだ。

私たちの家庭が核家族になってアパートに住み、病院が整備されると、多くの老人たちは病院で死に、葬儀社や火葬場が経営するメモリアル・ホールで、最後の告別の式を行うようになる。子供たちは、死とは何か、人は死ぬとどうなるのか、という現実に少しも深く係ることなく、死を他人事と済まして大きくなる。これはみすみす教育上の好機を逃していることになるのである。

しかし死の準備もまた独学が一番いいのかもしれない。幸いにも私たちは、自分が選んでさまざまな本を読むことができる。ほんとうはあらゆる見事な激しい自然、あらゆる書物、あらゆる絵画、あらゆる音楽が、死を想わせるためのものなのだ。だからそれから、誰の干渉も受けず死を考えるのが一番うるわしい。しかし死を考えないことと死を考えることを教えないことは、年長者の恥ずべき怠慢なのである。

別れ際のいい人になることが、最大の願い

『悪の認識と死の教え　私の実務的教育論』青萠堂

私たちはいつもいつも失うことに対して準備をし続けていなければならないのだ。失う準備というのは、準備して失わないようにする、ということではない。失うことを受け入れる、という準備態勢を作っておくのである。準備をしたからといって、失った時に平気にはなれないだろう。しかしいきなり天から降ってきたようにその運命をおしつけられるよりはまだましかもしれない。

四十代の終わりに、私には視力の危機があった。それ以来数十年、私はその時見えなくなっていたかもしれない視力を、いわば「儲けもの」として得て来たのである。この年月の幸福をしっかり覚えていて、たとえいつ再び見えなくなっても、納得しようと心に言い聞かせて来た。そういうことが、「失う」ものに対する準備の一つだと思うのだが、いざとなった時、準備が役立って、冷静でいられるかどうかわからない。

しかし、中年を境に、老年と死に向かうという大体のシナリオはもう決まっているの

である。だからそのこと自体を驚くことも嘆き悲しむこともない。それは私たちの罪でもなければ、何かの罰でもない。

別れ際のいい人になることが、今の私の最大の願いである。全く自信のない願いだが、何によらず目標を持つということは悪いことでもないだろう。

『中年以後』光文社文庫

死を知らされるという権利

死を知らされることは——もちろん希望すればの話だが——私は人権の一つであると思う。死を知らされることによって、恐怖に逆上したり、がっかりして死期を早める人もいるであろう。

私も恐らくその手の心弱い老人の一人になるのではないかと思うが、それによって死期が早まっても、それはそれでいいではないか、と思っている。

なぜならそれが私の運命だからである。

むしろするべきことが残っているのに、その最後の時間を失うということこそ大きな損失だし、当人にとっては「知る権利」を失うことになる。私はエゴイストだから国家の情報に関して「知る権利」など貰うよりも、自分の死期の予測に関して「知る権利」を奪われたくない。

「人間は何でも学ぶのに、なぜか死ぬことだけはまともに学ぶことを避けて来た」と上智大学のデーケン神父も言われる。

『辛うじて「私」である日々』集英社文庫

あくまで生きることは一人

人間がどんなに一人ずつか、ということを、若いうちは誰も考えないものである。身のまわりには活気のある仲間がいっぱいいる。死ぬ人よりも、生まれる話の方が多い。しかし、どんな仲のよい友人であろうと、長年つれそった夫婦であろうと、死ぬ時は一人なのである。このことを思うと、私は慄然とする。人間は一人で生まれて来て、一人で死ぬ。

生の基本は一人である。それ故にこそ、他人に与え、係るという行為が、比類ない香気を持つように思われる。

しかし原則としては、あくまで生きることは一人である。

それを思うと、よく生き、よく暮らし、みごとに死ぬためには、限りなく、自分らしくあらねばならない。それには他人の生き方を、同時に大切に認めなければならない。

その苦しい孤独な戦いの一生が、生涯、というものなのである。

『人びとの中の私』海竜社

祈りは神との回線

死生学を提唱しておられるアルフォンス・デーケン神父は、人間の最期に必要なのは許しと和解だと言っておられる。私が死の恐怖に打ち勝てるとしたら、それはすばらしい人たちに会えた記憶だと思ったが、知人の一人の美女は「生涯で人から深く愛されたという実感とその記憶」だという。しかし私にとっては一人の同級生の修道女が言ったことが、一番痛切に胸に残った。「(死が近づいたと思ったら)私はもう何もしないわ。

ただお祈りする」と彼女は言ったのである。電電公社（当時は）は緊急時になると話中ばかりで繋がらないだろうが、神との回線だけは繋がらないことはないのだと私は納得した。

『貧困の僻地』新潮文庫

回復不可能な現実

旧約の昔、人々は老いと病気と死を因果応報の結果と考えた。罪を犯した人が病気になり、死ななければならないのであった。しかし私たちは、ごく普通の人たちが、とりたてて何も悪いことをしなくても、突如として、こういう辛い目に遭わなければならなくなることを知っている。因果応報ならまだしも救いがあるのだ。原因は自分が作ったのだし、行いを正すということで、それを避ける方法もあるのだから。しかしこれは「不法」な処遇である。どうして自分だけがこんな思いをしなければならないのか、という抗議を誰にしていいのかわからない。バスが崖から落ちても、洪水で家が流されても、土石流に埋まっても、薬の副作用で死んでも、誰かを訴えられる時代だというのに、死のような高圧的な運命は誰も補償してくれない。しかもこれらの多くは、回復不可能な現実なのである。私たちは若い時から今まで、死なない以上「回復」を信じてきた。怪我をしても、病気になっても、苦しんだり治療に時間がかかることはあっても、いずれは元通りに治るものだと思ってきたのである。しかしもはや元へ戻らぬ病があるということを知った時、人間はうろたえ、死を垣間見るのだ、と私は思う。なぜなら、完全に回復不能なものの究極が死だからである。

『バァバちゃんの土地』新潮文庫

一粒の麦

聖書の中に、

「一粒の麦は、地に落ちて死ななければ、一粒のままである。だが、死ねば、多くの実を結ぶ。自分の命を愛する者は、それを失うが、この世で自分の命を憎む人は、それを

保って永遠の命に至る。」（ヨハネによる福音書2・1－5）

という有名な箇所がある。キリスト教的な自己犠牲を教えたものだと簡単に言ってしまえばそうなのだが、じつはこの経過は恐ろしい現実である。

人間の場合、一人の人間が死ななければその子どもが育たないということはない。

しかし社会的に見ると、そのような仕組みは社会全体を動かしている。

つまり人間は、生まれて育ち、生きて働き、社会に尽くし尽くされてやがて老いて死ぬことによって、社会や地球の新陳代謝をはかっていることになる。そこには誕生・生育と同時に、人間の死がひとつの恩恵として役立つことが約束されている。

『人は皆、土に還る』祥伝社

マルクス・アウレリウスの『自省録』

何歳の時だったか忘れたが、多分二十代だと思う。私はマルクス・アウレリウスの『自省録』を読んでほんとうに驚いたのである。そこに書いてあることは、ほとんど私が感じていることと、そっくりだったのだ。

「かかる者が生きるにさいし、そのもっとも偉大な点といえるのは、ものごとを追いも避けもせずに済ますということであろう」

とアウレリウスは書いている。

「されば、人生において、わずかなことのみを身に確保し、自余のことはすべて放下すべし。なお、あわせて以下のことを心に銘記せよ。

ひとはすべて、現在の、この束の間ともいうべき生のみを生きるものであることを。それ以外は、すでに生き終えてしまったこと、ないしは、いまだ明らかならぬ不確定のことである。しかり、ひとだれもが生きる生は短く、彼の生きる場所もまた、この大地のうち、一隅にすぎぬ微小なものである。死後の名声とて、よし比類なき命脈を保つとも、畢竟《ひっきょう》、短いものである」

などと改めていわれなくても、私たちの生涯はすぐに忘れ去られる。ありがたいことだ。人は死の日から着実に、忘れ去られるという確固たる目的に向かって歩く旅に出る。世界の科学者たちが、宇宙空間を、打ち上げた衛星の破片だらけにして、一向に掃除を考えなかったのとは違う（もっとも最近は清掃をしようという計画も出てきているようだが）私たちの存在は、死によって、自然に爽やかな清浄と無に向かって歩き出すことができる。

『人間関係』新潮新書

寿命は深く考えない

一九三一年に生まれた私が、思いがけず二十一世紀まで生きてしまうことになった。これは望外の幸運である。人は自分の力だけでは生きられない。自分が生かされている国家と社会の状況、それに家族の愛が必要だ。

深い感謝は別として、私は寿命に関してだけは、深く考えないことにしている。この世には自分で動かし難いことが多くて、私たちは自分の生を時の流れや運に任せる他はない。命の期限もその一つである。もちろん長寿は希望した方がいいし、健康に留意もするが、希望や努力は結果と完全には結びつかない。初めから願いは叶って当然と思わないことに、私は自分を馴らそうとして来た。

死ねる保証という幸運

私はまた時々、魔法使いのおばあさんが出て来て「何でもあなたの希望を一つだけ聞いてあげる」と言い、私がついうっかりその手にのって「いつまでも死なないように」などと頼んでしまった時のことを空想する。つまり私はどうしても死ねなくなったのだ。友達が皆いなくなっても、家族が死に絶えて一人ぼっちになっても、嫌なことが続いても、地球が末期的様相を示すようになっても、とにかく死ねなくなったのだ。これこそ最高の刑罰ではないだろうか。それを思えば、この年まで生きて、適当な時に（それはいつが適当かわからないけれど）死ねる保証を得ている、などということは、最高に幸福な状態だと言える。嫌なことは、いつか必ずおさらばできるのだから。

『人生の収穫』河出文庫

『酔狂に生きる』河出書房新社

ギリシャ神話にも描かれていない業苦

人間社会のあらゆる悪とその結果を書きつくしたかの観のあるギリシャ神話にも、まだ死を許されなくなった人間の業苦のケースは描かれていない。私はいつか死ぬことができなくなった人間の話を、偽ギリシャ神話として書きたいと思っているが、それはギリシャ人の人生観と根本的に違うらしいので、偽物としても通用しないだろう。人生に終わりのあることは、最大の幸福であることを忘れてはいけない。

『酔狂に生きる』河出書房新社

知恵にも覚悟にも欠ける老人たち

先日、或る高齢の医師と話し合っていたら、最近目立つのは、高齢者が勉強不足だという点だという。高校か、大学か、とにかく勉強を終えてから、もう何十年と経っている。その間、確かに人生体験は増えたろう。多くの人に会っているのも事実だ。しかしその割には、本も読まず、ものを考えるということもせず、老年は呑気に暮らせばいいと甘えた考えをしている年寄りが多いのだ、と彼は言う。

驚くのは、自分が死ぬとは思っていないらしい老人もいるのだという。政府がもっと医療福祉に力を注ぎ、難病が治るような新薬が開発されれば、まるで死ななくて済むほど長生きができる、と漠然と考えている高齢者が恐ろしく増えたのだという。

しかしとんなに医療設備がよくなっても、必ず人はいつかは死ぬ。その基本的なことを認識させるような老人の勉強会が必要なのだ、とその人が言うのがおかしかった。

私が毎年のように行っているアフリカの諸国は貧しいから、どんなに年が若くても「病気になれば死ぬ」と誰もが覚悟している。医師にもかかれず薬も買えないからだ。

まず国家が、健康保険などという経済的組織力を持っていない。貧しい人は、診断書を書いてもらうにも、注射一本打ってもらうにも、その都度自費で払わなければならない。また仮にお金があっても、抗生物質など手に入りにくい土地もたくさんある。そういう国には、コレラも出れば、細菌性の下痢疾患なども日常的にあるから、抗生物質がなければ死ぬことも多いのである。

長年、食べるのに事欠くこともなく、一応満ち足りた生活を叶えてもらいながら、日本の老人の中には、知恵にも覚悟にも感謝にも欠ける人が出てきているというのは皮肉な結果である。一時期、「生涯教育」という言葉や概念がはやったが、最近は改めて「老人教育」が必要になったと感じている人もいるらしいというのはおもしろい現象だ。

『不運を幸運に変える力』河出書房新社

人間の生涯における闘いかた

必要があってマルクス・アウレリウスの「自省録」を再読したが、そこには、人間の生涯の闘いの方法とでも言うべきものが随所に記されている。

今は「平和、平和」と平和だけがもてはやされる時代だが、平和を保つには、その手前に自分との闘いが必要だ。実は平和は敵あっての平和である。敵もいない状態なら、別に平和を口にする必要もないはずだ。しかし昨今の日本人には、外敵が必ずいるという自覚がない。自分が平和愛好者なら、敵がいるわけがないと思うようだ。

「生きる術は、予期せずして降りかかる出来事に対して備えを持ち倒れずしっかりと立っているという点で舞踏の術よりむしろレスリングの術に似ている」（第七巻六一）

そう言えば、舞踏は事前の打ち合わせが可能だ。しかし災害や闘いはそうではない。相手の手は、事前に読めない。人生の処し方というものは、事前に読めない出来事にどう対処するかにかかっているのである。

アウレリウスは、魂の闘いについても、述べている。

「復讐する最良の方法は、〔相手〕と同じような者にならぬこと」（第六巻六）

「一万年も生き永らえるであろう者のように振る舞うな。〔死の〕運命は既に迫っている。生きているうちに、それが可能であるうちに、善き者となれ」（第四巻一七）

今では、若者に死を教える者は誰もいなくなった。学校も社会も、希望と発展ばかり希求せよ、と言う。衰退、滅亡、死もまた人生について廻るものなのに、親さえもその厳しい現実を教えない。それでは闘えない人間ができるのも当然である。

運動能力があって、身のこなしが柔軟だったからこそ、交通事故の際に生き延びた、という人もいる。魂においても、しなやかで、あらゆる側面に対応する人格でなければ、人生の強者として生き残ることはできないだろう。

『不運を幸運に変える力』河出書房新社

肉体の消滅と、魂の完成

中年以後は誰でも、どこか五体満足ではなくなるのだ。その運命を私たちは肝に銘じて受け入れるべきなのである。一見健康そうに見えても、糖尿だ、高血圧だ、緑内障だ、痛風だ、神経痛だ、難聴だ、という人はその辺にいくらでもいる。

病気が治りにくくなるということは、死に向いていることだ。それは悲しい残酷なことかもしれないが、誰の上にも一様に見舞う公平な運命である。

しかしその時初めて人間はわかるのだ。歩けることは何とすばらしいか。自分で食べ、排泄できるというのは、何と偉大なことか。更にまだ頭がしっかりしていて多少哲学的なことも考えられるというのは、もしかすると一億円の宝くじを当てたのにも匹敵する贅沢なのかもしれない。

こういうことは中年以前には決して考えないことだった。歩けて当たり前。走れる？それがどうした。オリンピック選手に比べれば、俺は亀みたいにのろい。

私を含めてほとんどの人に感謝がないのである。

病気や体力の衰えが望ましいものであるわけはない。しかし突然病気に襲われて、自分の前に時には死に繋がるような壁が現われた時、多くの人は初めて肉体の消滅への道と引換えに魂の完成に向かうのである。

『中年以後』光文社文庫

聖パウロの警告

長く生きれば、「得る」こともあるだろうが、それ以上に「失う」ものも多いのだ。それが中年以後の宿命である。

新約聖書の中には、四つの福音書と共に、十三通の聖パウロの書簡が含まれている。

聖パウロはいわゆる十二使徒ではなかったが、初代教会を建てる上で最大の功績があった人である。しかも聖パウロは、実に表現力の豊かな人であった。その文章はいたるところで深く人の心を捉える。そして聖パウロはまさに中年以後の人に対しても、心を抉るようなすさまじい言葉を贈っている。
「兄弟たち、わたしはこう言いたい。定められた時は迫っています。今からは、妻のある人はない人のように、泣く人は泣かない人のように、喜ぶ人は喜ばない人のように、物を買う人は持たない人のように、世の事にかかわっている人は、かかわりのない人のようにすべきです。この世の有様は過ぎ去るからです」(コリントの信徒への手紙一 7・29〜31)

妻と過ごす生活を楽しんでもいいのだ。泣くほどの辛いことがある時、泣いてもいいのだ。嬉しさに舞い上がりそうな時は、舞い上がってもいいのだ。すべてのことにかかわってもいい。

しかしそのすべては仮初めの幻のようなものだから、深く心に思わないことだ、と聖パウロは警告したのである。

『中年以後』光文社文庫

第2章
死の記憶

私を殺そうとした母

今、私はここで、母を殊さらに美化することも悪く言うこともなく語りたいと思います。

母は私と同様、どちらかというと「死を志向する」タイプでした。母は今までに二度自殺未遂の体験を持っています。初めは私が小学生の時、私を道づれにして死のうとした時でした。

二度目はずっと後年、六十代の末でした。一人の人間がなぜ死のうと思ったか、などということは誰にもわかることではありません。私は他人の生活を憶測して、あれこれとその理由を決めつけることほど嫌いなことはないのです。ですから、母がなぜ死のうと思ったのか、私にはその理由の一部を言えるだけです。

最初の自殺未遂の原因の一つは、明らかに、父との結婚生活がうまく行かないからでした。

そして二度目の場合は、私は最大の理由は、母には動脈硬化による鬱病があって、それで自分の生活に希望が持てなくなっていたのだというふうに感じています。しかしこれは私の家庭にとって、非常に大きな問題でした。滅多に怒ったことのない夫が、「僕はこれから先も、機会があれば自殺するという人だけは家に連れて帰れない」と言いました。私の身近にも何人かの自殺傾向のある人がいて、そしてどんなに交替で見張りについていても、「やろうと思ったら実行してしまった」例を、私はいくつも見て来ましたので、私自身もどうしていいかわかりませんでした。夫の怒った理由は、母が私たちの所にいることが、死ぬほど不幸だと言うことと同じことになったからだと思います。

勿論この状態も結果的に申しますと、理由もなく解けて来ました。母の動脈硬化の治療が功を奏したからか、それとも母が、自分の置かれた状況が決して理想的ではないにせよ、世界中で一番不幸な人間でもないと理解したからか、まあ、どちらかでしょう。

母は二回目の自殺の時、睡眠薬を飲んだのですが、私は救急車の中で、そのことを隊員の方にすぐお話しして処置をお願いしたのです。幸いにも量はそれほど多くなかったらしく、胃洗浄をする必要もなくて、ただ用心のためにその晩は私がつき添って、病院で夜を明かしました。

神父さま、その夜私はおもしろいことを発見したのです。目の前のベッドにいる私の母は、二度にわたって私を殺そうとしたのでした。一度目はまだ子供であった私を道づれに、肉体的に殺そうとした。二度目は私たち夫婦がただの一度も迷うことなく共に暮らそうとしたその生活でも幸せにならないと言って、死をもって私たちに報いたということでした。しかも自殺というのは問答無用に罰するということですから、私は二度目に精神的に母に殺されかかったも同様でした。

よく世の中に男女の心中があって、それが未遂に終わると、一度は死ぬほど愛した相手ですのに、その男女は決して一緒になることはないと言います。それは冷静になってみると、愛の名を借りて、相手が自分を殺そうとした張本人なのだということを確認するからだそうです。

しかし、私と母とは違いました。私は母と一緒にいたからこそ、二度にわたって肉体と魂の生死というものが何であったか見極められたと、今でも思っています。将来、私の精神が狂ってしまえばわかりませんが、私はまず子供の時に（自分が手を下したのではありませんが）自殺を図るということは、どういうことかを体験しました。それはエゴイズムの極でした。今、この瞬間にも私たちの周囲で、生きようとしても生きられない人たちがいるのに、自ら命を断つということは、飢えた人の前でわざと見せつけるように、パンを犬にくれてやるような行為です。でも神父さま、私の口の悪さをどうぞお許し下さい。私は決して母にせ誰にせよ、特定の人を非難しているのではないのです。人間は心でも体でも健康を失えば、どれほどにでも利己的になりますもの。私などちょっと頭が痛いだけで、もう判断がめちゃくちゃになる典型のような人間です。

『旅立ちの朝に――愛と死を語る往復書簡』
曽野綾子・アルフォンス・デーケン　新潮文庫

母の安らかな最期

母は間もなく、死にたい、などと言わなくもなりましたが、次第に精神的な活動の領域をせばめて来ました。十七、八年前に起きた脳軟化の発作は手当ての結果、症状は一時軽減していたのですが、私の前にある母は、最早私が恐れもし、べたべたとまつわりつくほど大好きで、衣食住総てにわたって母の目がなかったらどうしてやって行ったらいいのだろう、と思うほどの、強い明瞭な精神活動をする母ではなくなっていました。

十年ほど前から母は車以外ではどこへも出ず、ただ毎食私たちとご飯を食べる時に自分の居室から十五、六歩ほど歩いてテーブルにつくだけでしたが、三年半ほど前からは、ほとんど寝たきりになりました。

耳も遠くなり、記憶に時間的経過がなくなりました。そして一年四か月前から、母は全く固型物を噛むということをやめてしまったのです。これは人間に残された最後の動物的力——物を食べるということ——さえ失われたということです。

それから今まで母が床ずれもできず、口の中にやや強制的に注ぎ込まれる流動食だけで大して痩せもせず生きて来られたのは、偏に男と同じような働きをやめなかった娘の私に代わって母を見て下さる、やさしい看護者のおかげでした。母が意識がはっきりしている時、もう病院にだけは入りたくないと言ったので、私はそれだけを守って来たのです。

正直言って、私は自分なら母のような状態で長く生きていたくはありませんでした。しかしまだ母が自力で生きる力を少しでも残している限り、私たちは生かすことに、何のためらいも感じませんでした。

もっとも私はここで、実に具体的な点にも触れなければならないと思います。私は自分が働いているために、夜中母につき添っていて下さる看護婦さんに、喜んでお払いするだけの収入がありました。ですから私はこの点について語る資格を持っていません。寝たきりの病人や老人を家庭に持つ人が看護に疲れ果て、相手が死ぬか自分が死ぬかというほどに、肉体的にも経済的にも追いつめられるケースを、私はいくらでも知っています。そういう時に、二か月に一度ずつ一週間でも代わってあげられる制度があったらどんなにかいいでしょう。

食べるのをやめてから、母は殆ど口をききませんでした。母の枕許に行っても、何の話もできない状態は、それよりずっと前からでしたので、私はやむなく、

「さあ、またお祈りを一緒にしましょうか」

と言って、母との会話の代わりにお祈りをするようになりました。本当は私は、お祈りよりおしゃべりの方がよかったのです、神父さま。でも、最後にお祈りという共通の言葉があり、母も時々は手を合わせるようなしぐさをしただけでも、私は嬉しく思います。

二月十八日の夕方、前日高かった熱も引いて、こめかみは汗ばんでおり、私たちはほっとしたのですが、午後七時頃、私は母の脈が百二十にもなっているのに驚きました。まだ熱も上がるかも知れないというので、熱のための坐薬をとりに行ったのが七時半。八時に夜勤の看護婦さんが来て下さった時も、まだ誰も異変を感じていませんでした。九

時少し過ぎから下顎呼吸が始まり、私たちはあわてて再度ホーム・ドクターに連絡をとりました。ドクターは医師会の会合の席からかけつけて来て下さったのですが、その時にはもう肺にも浮腫があり、血圧も確実に下がって来ていました。とは言っても低血圧の私と同じくらいの八十五／五十というような状態でしたから、私は何となくそんな程度で死ぬ訳はないように思ったものです。しかしそれから四時間もしない夜半すぎ、母は実に安らかに呼吸をやめました。

私はその間、足をもんでいたのですが――少しでも血圧を上げるには足に刺激を与えるしかないと思ったのです――死の瞬間、母の顔が変わるのが私にはよくわかりました。

『旅立ちの朝に――愛と死を語る往復書簡』
曽野綾子・アルフォンス・デーケン　新潮文庫

死はかすめるようにやって来る

私自身の思い出の中でも、死はさまざまな時にかすめるようにやって来て、私を少しずつ訓練して行ってくれました。とは言っても、私はそれによって完全に死と和解しているというわけではありません。ただ戦争の時、私たちはいつも死と隣り合わせでした。戦争は悪いものに決まっていますが、私自身はそれによって大きく成長しました。戦争が悪いものだとなると、それによって或る人が心を鍛えられたということさえ言ってはいけないような雰囲気が今の社会にはありますが、私はそのような束縛からは自由でありたいと思っています。

なぜ戦争が私にとって大きな意味を持っていたかといいますと、私はその頃まだローティーンだったわけですが、毎日空襲のたびに生命の危険にさらされていました。十代の子供は平和の中にあってはそうそう死など考えるものではありません。しかし自分がどんなに努力し用心しても、完全に自分を死から守ることができないという現実を知った時、私は変わらざるをえなかったのです。こういうことでもなければ、私は少しの幸運にすぐ思い上がり、運命は総て自分の手で操作できると思い、それでいて自分が重大な病気になったり、愛する人の身に危険が迫ったりすると慌てて祈るというような見え透いたことをしただろうと思います。

神父さま、私自身充分に軽薄な人間ですが、苦しい時に急に神に祈り出すようなことだけはしないようにしたいと思います。それはあまりにも見え透いた行為だからです。もっとも神は人間の見え透いた行為さえお聞き入れになることは間違いありませんが、私としてはせめて普段から、「その方」にお近づきになっておいてからお願いごともしたいような気分なのです。

本当に戦争の頃以来、私は何をするにも自動的に死を向うに見て生きるようになりました。こういうことは普段あまり口にしないのですが、いつか何かの時にふっと口を滑らせたら、「それじゃあ、あなたはもうすっかり覚悟がおできなんですねぇ」と言われて、本当に恥入ったことがあります。眼が悪くなってもう書き続けることが無理だろうと思っただけで、生きるのも辛くなったくらい精神的に弱い私が、どうして覚悟などできているものでしょう。

死に馴れ親しむことなどしなくても、生きていける人もいます。しかし小心な人間としては、そんなことでもやっておくほかはないかという気持です。私にとって一番怖いのは、不意に何かに襲われることです。その為に私は長い間、親が死ぬ日のことも心の中で準備して来ました。もっとも私の母の場合は、まるで私に死別の練習をさせてくれたかのように精神的な別れが先にあったのです。

『旅立ちの朝に――愛と死を語る往復書簡』
曽野綾子・アルフォンス・デーケン　新潮文庫

愛する人々との別離に備える

母は二十年近く前に動脈硬化による発作があり、そのために一夜にして性格が変わってしまいました。私はその時の恐怖を今も忘れられないのです。それまでの母はいい意味にせよ悪い意味にせよ、元気でまあまあ知的で何ごともはっきりした人でした。それが一夜にして頭に霞がかかった人のようになってしまったのです。母は決して死んだわけではない。現に今私の目の前にいる。私は何度も自分にそう言い聞かせました。しかし目の前にいる母は母の姿をした形骸でしかありませんでした。今になると、私はこのようなことがむしろ私にはよかったのかもしれないと思っています。

もし母の肉体と精神とが一度に消えてしまったら、何ごとによらずべとべとと母に頼っていた私は、生きていられないような思いになったかもしれません。しかし私はそれ以来恐ろしくなり、長い時間をかけて今度は母の肉体と別れる心の準備をして来たのでした。母だけではありません。私は息子にとりつく始末の悪い母親になるよりはいささかサービスを怠るお袋でいたほうが無難だと思ったのです。それで息子に対しても、私はかなり小さい時から手放す精神的訓練をしました。こうしてみると私は小心なだけでなく、ひどくせっかちなのかもしれませんが、いずれにせよ、私の中には常に愛する人々と別離に傷つくまい、その為にはそのことに馴れていなければという思いが深くなったのです。

『旅立ちの朝に――愛と死を語る往復書簡』
曽野綾子・アルフォンス・デーケン　新潮文庫

断念を知る時、人は本質に立ち戻る

神父さま。おかしなことですが、眼が見えるようになってからずっと激しく、私は死について考えられるようになりました。しかしその死の概念は決して悲しいものでも暗いものでもなく、明らかに生の延長としての死です。

手術後、三週間ほどして小網代湾に面した家へ行った時、私は窓からの海の眺めを本当に初めてこの眼で眺めたのです。油壺の岬に砕ける波も、相模湾の向うの天城の山々の夕景も、海上にとぶかもめも、総てを私は初めて見たのですが、それらはみんな細密画のように微細にきらきらと輝いていました。茶色い灰をかけたような風景だったものは、今は総て生命にうちふるえていました。その時、私は何を思ったとお思いになります？　神父さま、私は途方もない感謝と共に「何もかも納得いたしました」と心の中で答えていました。私はもうそれ迄にも、ずっとそんな気がしてはいたのです。

私は小説を書いたおかげで、この世で本当におもしろいものを見せて頂いてしまった。お金をもってあがなったおもしろいことではありません。人間の心の複雑さです。私はもう何度も、「充分にありがとうございました」と申し上げて来たのですが、今ここへ来て、更に深く究極を見極めたような感じがしました。人間にとって死は必要なことです。なぜなら――もし私が今のような感動をもって、もし永遠に生きるとしたら私は疲れすぎてしまいます。それと、これは昔からの私の持論だったように思いますが、人間は断念を知る時に、初めて平凡な力でも本質に立ち戻れるかも知れません。断念は芳香を持っています。哀しさがその香を強めるのでしょうか。老年も死も総ては限りなく自然で、それだけに堂々と安定しています。

『別れの日まで――東京バチカン往復書簡』曽野綾子・尻枝正行　新潮文庫

ルワンダの虐殺跡で唱えた「主の祈り」

アフリカ中部のルワンダでは虐殺の跡を見ました。四年も経っていたのに、ある教会ではわざとでしょうが、血に染まった椅子や銃弾で穴のあいたポリタンクがまだ散乱したままになっていて、祭壇の上には、骸骨が一つ置いてありました。小さな虐殺記念博物館になっているようでした。ルワンダでは一九九四年、大統領の搭乗機撃墜が引き金になり、農耕を主とするフツ族と牧畜民であるツチ族との間で激しい対立が起こり、それが集団虐殺に発展しました。百日間で約八十万人が犠牲になったと言われています。

そばの半地下壕には、数百体の遺骨が納められていました。地下壕に続く階段を下りるためにビニールのカバーが取られたとき、私たちに襲いかかったのは激しい腐臭でした。もう四年も経っていたのに火葬せずにそのまま納めてあるからそうなったのでしょう。ただそのとき私は、その腐臭こそ死者が私たちに語りかける言葉のように思えたのです。

　私たちが地下壕を出たところで、たまたま私は一人のおじさんに会いました。ルワンダは英語が通じる国なので話しかけられたのですが、その人の家族は教会に逃げていたときに機銃掃射を受けた後、石油やガソリンを流しこまれて火をつけられ、まだ傷ついて生き残っていた人も焼き殺されたというのです。私は自分もカトリックだから教会の廃墟の跡で「主の祈りを日本語で唱えたいと思っています」とその人に言いました。

　そのとき、私の心に今でも残っていることがあります。私は子どものときからもう何千、何万回と主の祈りを唱えたろうと思うのですが、その中に「我らが人に許すごとく、我らの罪を許したまえ」という箇所があります。祈りのそこの部分まできて、その日初めて私は思いがけなく絶句しました。普段はずいぶんいい加減な気持ちで祈っていたんでしょうね。罪は始終犯しますけれど、ケチな罪もあるし、重大な罪は数年に一度しか犯さないだろうくらいにしか突き詰めて考えたことがなかったんです。でもすぐそこに人間の血が茶色にこびりついた布団が丸めて投げ出されていて、私の背後ではまだ死臭が死者の声を伝えているように思うと、「我らの罪を許したまえ」と簡単には言えなくなったんでしょう。

私が祈りの途中で沈黙したのを同行者は不思議に思ったろうと思います。数秒か十数秒かの沈黙のあと、私の祈りの続きを唱えてくれる男性の声がありました。私は振り返りませんでしたが、あとから聞くとそれは某新聞社のヨハネスブルグ支局長でした。

『曽野綾子自伝　この世に恋して』ワック

終戦の記憶

一九四五年の夏、大東亜戦争が終わった。ものごとのよく見えていた大人は何と思ったのかしれないが、十三歳の私が少し嬉しかったのは、もうこれで、明日まで生きていられるかと思うような烈しい空襲に遭わなくて済む、ということだけだった。

それまでは、空襲の度に灯火管制と言って、灯を外に洩らしてはいけない暮らしをしていた。サイレンが鳴り私たちは防空壕に逃げ込む。味方の飛行機の存在を全く感じられない夜空を、当時は敵国だったアメリカの爆撃機が悠々と飛び、まもなくどこかの都市が烈しく燃えた。三月九日から十日にかけての大空襲では、東京だけで十万人が焼け死んだといわれる。私の叔父と同い年の従兄の一人も下町で行方不明になった。当時は遺体の収容などもていねいには行われなかった。そんな人手もなく、技術もお金もなく、もしかするとお棺だって用意できなかったろう。

私の性格と体質のせいか、私は当時無感動だった。ビタミンの欠乏症だったのだろう。皮膚病がいつまでも治らず、体も心もだるく、髪には虱《しらみ》がたかっていた。

日本の未来が見えない、などというましな言葉も概念も当時は聞いた覚えがない。しかし私は生きていた。誰も、希望や未来の展望などないまま生きていた。娯楽もない。本もほとんど出版されない。音楽会などやっていたかどうか。食料は米も砂糖も配給である。焼け出されても、避難所もなく仮設住宅もなく、ボランティアとして助けに来てくれる人もなく、生活保護もなかった。私の家は焼け残ったが、被災者は自分で焼け残ったトタンや材木を近隣から集めてきて、バラックを作って住んでいた。

それでも私たちは、無言で生きていた。そのうちに時々、木漏れ日のような僅かなしあわせを感じる瞬間が出てきた。なぜだか分からない。復興はそれほど遅かった。

『国家の徳』扶桑社新書

戦争を体験してよかった

先日、小学校からの同級生がカナダからひさしぶりに帰国して、私の家にも泊まっていってくれた。日本が大東亜戦争に突入する直前に、引き揚げ船でイギリスから両親と帰ってきた帰国子女で、その後、修道女になった。

今彼女は八十代の半ばで、まだトロントの近くのカトリックの大司教館で働いている。零下二十度の気温の中を自分で車を運転して出勤するという。

昔編入してきた当時の彼女は、日本語がうまくなかった。しかし彼女の英語を聞いた時から、私は自分が英語を学ぶ気力を失った。被害甚大だった。

その彼女が、二週間あまりの日本の滞在の後で、印象を語って帰ってくれた。その中の一つは、(自分に関する限りだが)子供の時に戦争を体験したのはよかった、ということだった。もちろん私たちは二人共に、戦争の残酷さを充分に知っている。

知人が応召して戦死した。東京大空襲では、一晩で十万人の市民が焼死した。私たちも、飢えや虱《しらみ》、家を焼かれて野宿した体験を持った。私たちは皆貧困児童だったのだ。結核で若い人生を閉じる青年の無残な死にも立ち会った。

しかしそうした悲惨な記憶が身にしみたから、贅沢でなくなった。わずかにあるものをいつも深く感謝している。生活は豊かである方がいいが、それも程度問題で、なければないで生きていける、と思う強さも与えられた。

『生身の人間』河出書房新社

靖国のおかげで

死者の魂はここにだけおられるのではないが、それでも戦前の日本人は、「死んだら靖国で会おう」と言ったのだ。まだ若い人たちにとって、死ぬとはどういうことか、考えることも表現することもできなかったろう。だから皆が言う言葉で覚悟を示すほかはなかったのだろう、と思われる。

現実主義者の私はさらに愚かな理由をあげる。靖国は必要なのだ。なぜなら日本の町はアメリカの無差別空襲で焦土と化した。元あった家は焼け、町は区画整理で昔の面影をとどめなくなった。

誰もが自分の家・友達の家が焼けた体験を持つ。昔から同じところに同じ姿で残った目標は、上野の西郷さんと渋谷の忠犬ハチ公の銅像。景色は変わったが銀座四丁目の角も生き延びた。だから戦後、一人が戦死し、一人が生き延びたような友達同士の魂が、まちがいなく会えるのは、靖国なのだ。私はこういう素朴な人の心を大事にしている。

夫は二人の同級生のために靖国に行く。そのうちの一人の旧友が戦死したと聞いた直後、夫はお線香を上げに家を訪ねた。すると彼の母は夫を家に上げようともしなかった。そして「あなたが生きていてうちの息子が死んだということが、どうしても納得できないんですよ」と言った。親として当然の気持ちだと夫は言う。それ以来、夫は彼の家を訪ねるのを止めて靖国で彼と語ることにした。もう一人の旧友はアンダマン諸島の海域で消えた。戦後何度かシンガポールからインド行きの夜行便で、私たちはその近くを通りかかった。その度に不思議と目覚めたと、夫は言う。そして戦後の日本を見ることのできた自分を詫びた。

靖国があってほんとうによかった。死者と生者の魂には、素朴に出会う場所がいるのである。

『国家の徳』扶桑社新書

死というもの、殺されるということ

私という人間を作った体験として、戦争の存在は本当に大きかった。現代は人生で起きることの善悪があまりにも単純に分かれ過ぎています。誰にとっても戦いよりは平和のほうが良いに決まっていますけれど、実はそうとばかりはいえない面はあるんです。退屈は死ぬほどつらいと言う人もいますし、退屈だから賭け事をしたり、姦通をしたりする人もいるんです。それだって家族の中ではれっきとした不幸ですからね。でも私は十三歳のときにアメリカの空爆を夜毎に受け続けていて明日まで生きていられるかどうかわからない体験をしました。ですから、平和の定義なんて簡単なもんです。誰にも明日までたぶん生きていられるだろうという状況を作ることなんです。水汲みに行ったり、両親に会いに行ったりするだけで死ぬかもしれないという内戦は不幸なものですから。生き続けた後の幸福の築き方はその人の努力です。

昭和二十年（一九四五年）三月十日の東京大空襲は今も住む大田区で経験しました。うちから三百メートルくらい離れた所にあったベーカリーが爆弾の直撃を受けて一家九人が全滅即死です。

明日の朝まで生きていられないかもしれないと思っただけで、私は気が小さかったんでしょう。砲弾恐怖症にかかって一週間ほど口がきけなくなりました。

死というもの、殺されるということはどういうことか。戦争では五十センチ右に立っていた人が撃たれて殺され、五十センチ左に立っていた人が生き延びる。そこに理由はない。ほんの少しの差が自分では動かせない運につながると知れば謙虚になります。

関東大震災のときも大きな災害でしたし、決して死者の数で不幸を比べるわけではありませんが、大東亜戦争は比べられないくらいの不幸を与えたんです。一九四五年三月九日から十日にかけて東京は大空襲に見舞われましたが、その一晩だけで約十万人が焼死したんです。私の知人にも家族を失った人が二人はいますが、そのどちらも遺体は発見されていないでしょう。当時はＤＮＡ鑑定なんてものはありませんし、黒こげの死体の中から個人を判別する国家的余力などまったくなかったのです。

ある人が私に話してくれたことですが、隅田川にかかる橋のどれかを歩いていた。空襲の翌朝のことです。橋を吹く風に乗って粒のような光るものが無数に舞っていたんだそうです。それは人骨だったというんです。当時の日本の家屋の材料には、不燃性のものなんてほとんどありません。木と紙の家ばかりですから。それらが全部燃料となって生きている人を燃したんです。

『曽野綾子自伝　この世に恋して』ワック

生き続けていれば、予想外のすばらしさに出会える

自殺などというものは、昔から哲学青年か、高名な文学者か、美人の女優が実行すれば軽薄な世間はそれを何か致し方がないもののように承認し、時にはその人に関する神話をさらに華美なものに仕立てあげたものであった。

しかし自殺した人の家族は決してそんな思いにはならないだろう。私は自殺は「芝居がかっている」からいやだった。私は昔、母が自殺する時の道連れになりかけたからよ

くわかっているのである。

戦争の時も、私は自分が死にたいのでもないのに、明日まで生きていられない運命に直面させられた。私は生きていたい、とそれだけを思った。私自身の努力で爆弾の直撃を避ける方法など全くなかった。それ以来、私はこの世に「安心して暮らせる」状態などないこと、生きることは運と努力の相乗作用の結果であること、従って人生に予測などということは全く不可能であること、しかしそれ故に人生は驚きに満ち、生き続けていれば、びっくりすることとおもしろいことだらけだと、謙虚に容認できるようになった。「ワンダフル」という英語は通常「すばらしい」と訳するが、それは「フル・オブ・ワンダー」＝驚きに満ちている、という意味で、つまり「びっくりする」ということだ。生きていれば必ず、その人の予測もしなかったことが起きる。英語を話す人たちは、予定通りになることをすばらしい、と感じずに、予想外だったことをすばらしい、と感じたのだ。

そのためにも、人は、他人を殺してはならない。自殺もいけない。二十一世紀の人間教育の基本はそこから出発する。

『至福の境地』講談社文庫

マダガスカルのマリア・マグダレーナ

その夜、生まれたばかりのマリア・マグダレーナは死んだ。数時間の生涯であった。しかし彼女は、その父にも母にも、待たれて生まれて来た子供であった。産む産まないは女の自由よ、という論理で、闇に葬られた子ではなかった。もっとも、マダガスカルでは「赤ん坊だけがお金がない人も自分で作れる最大の所有物」と皮肉を言う人もいる。しかしとにかくマリア・マグダレーナの若い父と母は娘の誕生を心から望んでいた。

さらにこの小さな命の死は、自分がもらえたかもしれない酸素を他の子供に譲って死んだことの証でもあった。これはもちろん結果論ではある。しかし日本では、いかなる赤ん坊も、酸素をもらうのは当然だ。たとえ一時間しか生きないだろうと思われても、それならそれでなおさら酸素をもらうのは当然の「権利」である。

しかしマダガスカルでは違った。そこにはもっと優しく偉大な生命を分け合うためのルールとでも言うべきものが、まだ力を有していた。聖書は「ヨハネによる福音書（15・13）」の中で言っている。

「その友のために自分の命を捨てること。これ以上に大きな愛はない」

また「マタイによる福音書（25・40）」は、「はっきり言っておく。わたしの兄弟であるこの最も小さい者の一人にしたのは、わたしにしてくれたことなのである」と言う。

マダガスカルのマリア・マグダレーナは、現実にはたった数時間しかこの世にいなかった。しかし彼女が生きた数時間の意味は、長く生きた大人よりも大きかった、と私は感じた。彼女は親たちから深く愛されもしたし、人のために死ぬこともした。偉大な生涯であった。こんなドラマは日本にはめったにない。日本人は、この貧しい国にはないすべてのものを使って生きることを当然のこととしていた。

『神さま、それをお望みですか　或る民間援助組織の二十五年間』文藝春秋

第3章
どんな死にざまにも意義がある

受けることと与えること

最後の晩餐を食べてしまった後、私はその嬉しいことが何であるかをかなり本気で考えると思います。

恐らくそれは二つのことなのです。

一つは自分が「頂いた」という自覚です。私自身は本当に一生たくさんの方々から心と物の両方の頂きものをしてきました。私は、何よりもまず、親の愛を知って育ちました。当たり前のことといってしまえばそれまでですが、世の中には、それさえなくて大人になった人がいるのですから、私は幸運でした。書きたいと思っていた小説も書かせて頂きました。

楽しい会話のできる友人は数限りなくありました。中には少しお酒癖が悪くて、離婚してしまったような人もいましたが、私はその人と結婚してはいなかったおかげで、年に何回か何年に一回かお会いするのが大変楽しみだったものです。そういう人たちと、ただ魂の楽しみの為だけに語りあった記憶は実に贅沢なものです。

数年前、私は眼の病気で視力を失いかけました。私は生まれつきのひどい近視だったので、手術は普通の方と違ってよい結果の期待できないものだったのですが、その時、本当に多くの方々が私がそのような残酷な状況から立ち直れるように祈ってくださったのでした。

その頃です。私は自分が仕事をしていく上では最低の状態にあって、事実もう視力が執筆には耐えられなくなっていたので、作家生活を始めて二十六年目に、初めて期限のない休筆の生活に入っていました。私には分裂的な性格もありますので、この休筆の状態を実に気楽ですばらしい休暇と受け取っていましたが、やはり毎日なすこともなく、将来どういう生活をしたらいいかのめどもたたず、暗澹とした思いになる瞬間もあったのです。

眼が見えないにもかかわらず、私はその頃から「読み切り・連載」とでもいうべき短篇を連続して書くことを考え始めていました。そんな病気をするとも思っていなかった私は、すでに計画されていた聖パウロに関する調査のグループに加えて頂いてトルコやギリシアへでかけたのですが、イスタンブールのホテルで、どうしても書かずにいられないような思いで書き始めたのがその第一作でした。字を書くという作業は隅々まではっきり見えなくても、大きな字を当てずっぽうで書くことでなんとかやれたのです。もっとも読み直しはつらくてできませんでしたが……。

そしてその連作小説につけた題がその時の私の気持をもっともよく表すものだったのです。それは「讃美する旅人」という題でした。つまり旅人というのは、この限りある生涯を生きる私たち（この場合は主人公）そのものであり、讃美するというのは、この傷だらけ、欠陥だらけの人生がやはり見事なこと、優しいこと、ふくよかなこと、に満ちているからこそ私たちは讃美せずにはいられないということを表しているつもりでした。この、受けたことに感謝することが、人間の生涯を充たす第一のものです。

それと対照的な第二のものは、差し迫った死の前に、私たちは何でお役に立てるのだろうか、受けるのではなく何を人に与えさせて頂けるのだろうか、ということです。

それは大したことでなくてもいいのでしょう。ほんの小さな慰めを人に与えることはそれだけで偉大です。人から受けることが、讃美と感謝を生むとすれば、与えることは愛と満足を私たちに贈ってくれます。もし生き甲斐という言葉があるとするなら、死に甲斐という概念もありましょうし、この二つはまさに全く同じものであることに私たちは驚かされるのです。

死の予感は、私たちからまやかしの部分を取り去ってくれます。死は隠れているものを明瞭にし、私たちの心が本当に飢えているものを明らかにしてくれます。死に際して初めて私たちは愛することの無尽蔵のエネルギーを知ることになります。そして差し当たり臨終の苦痛にさいなまれてでもいないかぎり、愛することは、知識や能力の程度にも関係なく機能するのです。

『旅立ちの朝に――愛と死を語る往復書簡』
曽野綾子・アルフォンス・デーケン　新潮文庫

ユーモアは人間の最期にふさわしい芸術になる

私は死が、自分一人の、あるいはせいぜいで家族のできごとであることを忘れてはいけない、と思います。もちろんどんな小さな死であっても、私にとって愛する者の死は大きな喪失なのですが、他人もまた同じように思ってくれるだろうという甘さは好きではありません。

ユーモアというものは一般に、現実をごまかしなく正視するところから生まれる自由な精神の表現なのですが、上質のユーモアがなかなかないのは、人生を達観する人がそうそう多くはないからです。だじゃれはいくらでもできますが……。しかし、もう生の持ち時間もあまりないということが見きわめられれば、そして残される人々に最後の温かい記憶を残して死にたいと思えば、ユーモアは人間の最期にもっとも相応しい芸術となりましょう。私はほんとうは何もかも、軽く軽く過ごして行きたいのですね。死も別離も。何ごともなかったかのように。なにもかも過ぎ去るものだからです。

『旅立ちの朝に——愛と死を語る往復書簡』
曽野綾子・アルフォンス・デーケン　新潮文庫

「おれのいないおれの通夜は淋しいだろうね」

ところで、先日、私がいつも考えている問題が実にはっきりした形で現れた事件が起きました。

名古屋市に住む或る人が、妻が胆嚢癌だったのに、病院が癌だということを知らせなかったために、手術の時期を失って死んだので、その損害賠償を求める訴えを起こしたというのです。

それに対して病院側は、「癌とは言わなかったが、重い胆石症だから、すぐ入院しなさい、と告げたのだが、当人が勝手に入院を拒否して、胆石なら大丈夫と考えて外国旅行に出掛けた。家族にも、本当の病名を告げなかったのは、入院の時には当然家族がついてくるだろうから、その時、言えばいいと思っていた。癌は本人に告げないのが原則」と答えているのです。

私がショックを受けたのは、この病院側の最後の言葉でした。癌は当人に告げないのが原則だ、という日本人の考え方です。

もちろん、私はこれも、善意から出たものだと思います。もしかすると、これが、東京とは違う名古屋の地方性かもしれません。つまり、名古屋の人たちは東京人と違って、もっと優しいのです。現にその解説には、癌と知らせると、ショックを与え、自殺の危険まである、ということがあげられています。

しかし、神父さま、人間が人間の尊厳を保って生き、死ぬということは、その人の問題です。人間の一生は、喜ぶこともあると同時に、苦しむこともある、という原則を承認しなければなりません。ですから、自分の運命が――誰にも分からないというのならともかく――或る医学的な判断のもとに一定の推測がなされているというのなら、それを当人が知らされないということは、これは、むしろ人権問題だと私は思います。もちろん、人間の一生は望んでもかなわないことだらけなのですが、私は今まで、ささやかな生活設計を自分で立てようとして来ました。そのことに失敗したこともたくさんありましたが、私は自分でそれを望んだからこそ、その失敗を自分のものとして、その中に新たな意義を見つけることもできました。

しかし、知らされないということは、私の生涯を私の手から奪われることです。私はそれだけは拒否したいのです。

人間には、それぞれに運命を選ぶ権利があります。ですから、私は総ての医療機関は、初診の時、当人に、次の中から、あなたの希望される項目に丸をおつけください、という設問をするといいと思います。

「(一) 診断の結果は本人に告げてほしい。

(二) 診断の結果は、本人以外の家族、または知人に告げてほしい」。

（二）を希望した人には、自動的に、知らせて欲しい家族や知人の名前と連絡方法を書かせるようにするのです。この記入は、ちょっとした風邪でも、水虫でも、総てさせるようにし、そうすることで普段から慣らしておくのです。

よく、治るものなら教えてほしい、そうでないなら隠して欲しい、という人もありますから、そういう場合は、医者の判断の結果が間違っていたというクレームは認めないようにしたほうがいいですね。つまり、大丈夫だと思ったから真実を告げたのに、それがショックで当人が死んだ場合でも、もうだめだと思ったから告げなかったので、適切な処置ができなかった場合でも、医者は免責とするのです。なぜなら、医者の判断は決して完全ではないので、見立て違いではなくても、予測されたものとは違う結果になることはままあるのですから、患者がそれをいちいち非難していたら医療行為はできなくなってしまいます。

本当にあなたの命はもう一年、あるいは一月と保ちません、と言われた時の思いは、いくら予行演習を普段からしているつもりでも、うまくいかないだろうと思います。しかし、それでも、私たちはそのような苦悩を真向から迎えるべきではないでしょうか。そして神父さまがおっしゃるように、その時期に、私たちは私たちを許してくださるという人とは、全部和解して死ぬべきではないでしょうか。

臨終の苦悩の中で、私は自分を完成する力を残しているなどとはとうてい思えません。私はただ、痛みや苦しみにうちひしがれ、多分世を呪い、看護してくれる人に対して当たりちらしたりして死ぬのではないかと恐れています。しかし、それでも仕方がないのでしょう。

それが私だったのですから。そしてそういう場合、私の周囲の人は「やっぱり、あの人はだめな人だったわね」などと言うかもしれませんが、神さまだけは、私が苦しみに雄々しく立ち向かえずに、弱さをさらけだしたとしても、大して非難なさることはないだろうと思うのです。しかし、いずれにせよ、人間が自分の最期の時を知らされないということは、詐欺罪、過失致死罪、人権無視……素人はどうも適当な言葉が使えませんが、とにかく犯罪だと、私は思います。

先日、作家の永井龍男氏がすばらしいお話を書いておられました。

それは、作家でもあり、文化庁長官でもあった今日出海氏が亡くなられる直前のご様子です。

この、本当の「文化人」だと言われた今氏は、また明るく温かい賑やかなお人柄で、美味しいもの好きでいらしたのにぴたりとものを召しあがらなくなったというのです。

お嬢さまが心配してアイスクリームなどを作り、

「これは、お父さまのお好きなアイスクリームですよ」

とおっしゃると、今氏は、

「うん、おれが生きてた間はなあ」

とおっしゃったというのです。それから、入院中、小康を得て退院された時には、すでに、ご自分の死を覚悟しておられたらしく、葬儀や通夜の指示などを細かく奥さまになさったあげく、

「おれのいないおれの通夜は淋しいだろうね」

と微笑されたというのです。ほんとうにおそらく今氏という方がいらっしゃれば、今までどんな席も和やかに温かくなっていたのでしょうから、今氏のお通夜はまさに主役がいなくて、なんとも淋しいものだったろうと思うのです。

神父さま。日本人は、あまりユーモアのセンスがなくて、厳かに死ぬ人はけっこういますでしょうが、神父さまがいつもおっしゃるように、死にあたってユーモラスに明るくそれを迎えられる人は少ない、と思っていらしたのではありませんか。しかし、こう

いうすばらしい日本人もいらっしゃるのです。こういう方を、第一級の知性というのでしょうが、私はそれ以上のものだと思っています。
このごろ、ほんとうにすらりと、「もし生きておりましたら」と言えるようになりました。大抵は、そうなったらすばらしい、という日や将来のできごとを語りあう時の言葉として出てくるのですが、それには、誇張も何もありません。ほんとうにもし生きていられれば、私は大変喜んでそこにいるだろうし、しかし生きていなくても、もうそのことの予感を持たせて頂いただけで幸せだったと思うのです。もし死という可能性がなかったら、すべてのすばらしいことは、魅力が薄くなってしまいますでしょう。そしてこれは、お伽話ですが、もし人間が死ぬことができなくなったら、それはもうこれ以上のものはないというほどの拷問でしょう。私たちは死を運命づけられていることをどれほどにも深く感謝すべきです。

『旅立ちの朝に――愛と死を語る往復書簡』
曽野綾子・アルフォンス・デーケン　新潮文庫

タゴールの歌

ラビンドラナート・タゴール（インド、ベンガルの詩人）の詩を私は時々心衰えた時に読むことがあるのですが、それは不思議と、私の心のいずまいを正してくれます。彼の詩集『誕生日』には「『誕生と死の日は互いに向かい合っている』という、深い諦観にも似た自覚がただよっている」とK・クリパラーニという人は書いていますが、死と向かい合えている誕生日こそ端正だ、というのが私の感じです。

タゴールは生前、自分が死んだら歌ってほしいという詩を残していました。そしてその詩は、今も彼の命日に歌われているというのですが、それは次のようなものだそうです。

「眼前に平和の海、
船出せよ、おお、舵《かじ》とる人よ、
おまえは永遠の伴侶となるのだ……」

タゴールの詩は祈りでもありました。

「願わくは　この世の絆が断ち切られんことを、
大いなる宇宙が　その腕に　わたしを抱かれんことを、
そうして　わたしが　恐れなき心に
大いなる未知者を知らんことを」

これは実に率直な飾り気ない私たちの願いです。そしてなぜか、死を見つめた人ほど、その死は明るく見えるのです。プラトーンが『ソークラテースの弁明』に書いているとおりです。

「しかしながら、諸君にも、裁判官諸君、死というものに対して、よい希望を持ってもらわなければなりません。そして善き人には、生きているときも、死んでからも、悪しきことは一つもないのであって、その人は、何と取組んでいても、神々の配慮を受けないということは、ないのだという、この一事を、真実のこととして、心にとめておいてもらわなければなりません。わたしのこのことも、いわれなしに、いま生じたのではありません。もう死んで、面倒から解放されたほうが、わたしのためには、むしろよかったのだということが、わたしには、はっきり分るのです」（田中美知太郎訳）

『旅立ちの朝に――愛と死を語る往復書簡』
曽野綾子・アルフォンス・デーケン　新潮文庫

知覧――青年たちは何のために死んだか

さて、私は神父さまのご郷里へ行って来ました。とは言っても都城ではありません。知覧へ行ったのです。鹿児島よりもっと南に位置するこの小さな町はあまりに光の澄んでいるところなので驚きました。

そしてこの町は何より、特攻機が出て行った飛行場のある所として有名なのですが、私が講演をするコミュニティ・センターの建物のある所がもうすでに飛行場あとなのです。そして私は、真先に特攻遺品館を訪ね、そのあたりの燦々と降るような陽ざしを味わいました。

ここから沖縄へ向って飛び立って行った多くの青年たちは、二十代の前半でした。今かりに生きておられても、まだ六十歳にはなっていない人たちもいます。私は人間が六十歳まで生きることと、二十歳で死ぬことの違いを考えました。

私自身がもし二十歳で死ぬことになったら、私は自分の運命を怨んだかも知れません。しかし今この年まで生きてみますと、人間の生涯の満たされ方は、決して年月の長さにも現世の成功の度合いにも関係がないことがよくわかります。つまり人間はもっと強欲で、自分が本当に楽しかったと思わなければ、その生涯をなかなか納得しないものです。

とくに臨終には、人間は本音しか吐きませんから、死の時に自分の人生をふり返ってみて、心から満足しているかどうかがその判別の鍵になりますでしょう。もちろん亡くなった方の本当のお心のうちを窺い知ることはできませんが、私は遺品館に飾られている写真を眺め、遺書の幾つかを読むうちに、そこにどうしても暗い思いを感じることができなかったのは不思議でした。

死んで行った青年には恐らく蒲団の中で、自分が追いやられる運命が納得できずに、泣いた夜もあったでしょう。しかし神父さま。あえてそのことじたいは問題でない、と私は言いたいのです。人間の心の中にどのような悲しいどろどろした澱があろうと、それは自然なことのように私は思います。ただ問題はそこから我々がどのように立ち上るかです。いや、死を迎えうつか、です。

しかし、あの当時の青年たちは何と立派だったのでしょう。そして死を前にすると、自分は全く文学的才能はない、というようなことを言っている青年たちが何と胸をうつような文章を書いたことでしょう。

早稲田大学の学生であった二十二歳の枝幹二少尉は出撃の前日に詩を残して行かれました。

「あんまり緑が美しい
今日これから
死にに行く事すら
忘れてしまひさうだ。
真青な空
ぽかんと浮ぶ白い雲
六月の知覧は
もうセミの声がして

夏を思はせる。
　作戦命令を待つてゐる間に。」

「小鳥の声がたのしさう
〝俺もこんどは
小鳥になるよ〟
日のあたる草の上に
ねころんで
杉本がこんなことを云つてゐる
笑はせるな」

これは自分の一生を（たとえささやかな悲しみや思い残しがあっても）受諾し、納得して去って行くみごとな大人の表情です。

昔、特攻機に乗っておられて生き延びた方のお話を、人づてに聞いたことがあるのですが、当時死を予感していた人々は、一せいに、自分が死ぬ理由を見つけ出そうとした。一番楽にそれが発見できたのは、恋人を持っている青年たちだったといいます。それは、あの女を守るためなら自分は死ねる、と思ったからでしょう。

しかし、恋人のいなかった人は、家族、父母兄弟を守るということで納得しました。また何らかの理由で心から愛することのできない家族しかいなかった人もいました。その場合、正直なところ陛下のお為も、国の為というのもピンと来ない。万葉の世界への回帰を考えたのはその人たちだったそうです。あの歌に歌われた美しい日本の国土、そのためなら自分は死ねる、と思った。

『別れの日まで――東京バチカン往復書簡』曽野綾子・尻枝正行　新潮文庫

ゼノ修道士の帰天

ゼノ修道士が亡くなられました。こういう方が帰天された時、本当に「アレルヤ」と言うべきなのでしょう。「アレルヤ」は「ヤハウェを賛美せよ」、日本語で言うと、つまり「おめでとうございます」ということになるのでしょうか。

朱門と二人で、マスコミの取り扱い方がなにかしっくりしない、と話し合いました。

ゼノさんは、コルベ神父（他人の身代りになってアウシュヴィッツで餓死刑を受けた。一九八二年十月十日バチカンで聖人と認められる列聖式が行われた）と一緒に来日され、数々の苦しみを乗り越えて愛する日本のために、祖国ポーランドに対する望郷の念をおさえて働いた……という書き方です。

でも私たちは、「ゼノさんはお好きなことをなさった」、と思うのです。日本人の場合、「お好きなこと」というのは、安楽やナントカ欲を指すのが普通ですが、ゼノさんの場合、それは神の命じ給うことをする、ということだったのです。ですから、マスコミの論調のように、自己犠牲によって、苦しみに耐えて、というのでは、ゼノさんの自然な生涯のふくよかさなど表現できないように思います。

「好きでやったんだよ、あの人」という言葉を、日本人はなぜかすぐ、「ご苦労なし」ととるようですね。しかしキリスト教的発想によれば、ご苦労のない仕事、苦しみのない生涯はないのです。そのことは、子供のうちから、はっきりと教えこまねばなりません。そんなことはコミで、しかし「好きでやっていた人」を、私は羨みも、尊敬もし、あやからせて下さい、と思うのです。なぜなら、その人はまちがいなく深く現世を楽しんだからなのです。

郵便はがき

お手数ですが
切手を
お貼りください

150-8482

東京都渋谷区恵比寿4-4-9
えびす大黒ビル
ワニブックス 書籍編集部

お買い求めいただいた本のタイトル

本書をお買い上げいただきまして、誠にありがとうございます。
本アンケートにお答えいただけたら幸いです。
ご返信いただいた方の中から、
抽選で毎月5名様に図書カード(1000円分)をプレゼントします。

ご住所 〒 TEL(　　-　　-　　)	
(ふりがな) お名前	
ご職業	年齢　　歳
	性別　男・女
いただいたご感想を、新聞広告などに匿名で使用してもよろしいですか?　(はい・いいえ)	

※ご記入いただいた「個人情報」は、許可なく他の目的で使用することはありません。
※いただいたご感想は、一部内容を改変させていただく可能性があります。

●この本をどこでお知りになりましたか?(複数回答可)

1. 書店で実物を見て　　2. 知人にすすめられて
3. テレビで観た(番組名:　　　　)
4. ラジオで聴いた(番組名:　　　　)
5. 新聞・雑誌の書評や記事(紙・誌名:　　　　)
6. インターネットで(具体的に:　　　　)
7. 新聞広告(　　　　新聞)　　8. その他(　　　　)

●購入された動機は何ですか?(複数回答可)

1. タイトルにひかれた　　2. テーマに興味をもった
3. 装丁・デザインにひかれた　　4. 広告や書評にひかれた
5. その他(　　　　)

●この本で特に良かったページはありますか?

[　　　　]

●最近気になる人や話題はありますか?

[　　　　]

●この本についてのご意見・ご感想をお書きください。

[　　　　]

以上となります。ご協力ありがとうございました。

『別れの日まで――東京バチカン往復書簡』曽野綾子・尻枝正行　新潮文庫

動物としての人生を受け入れる

私は、生きながら人間を失っていく人もたくさん見てきました。人間は加齢と共に大儀で口を利かなくなる、耳がよく聞こえなくなる、反応が鈍くなる。そうやって、老いと共に、我々は長い時間をかけて部分的に死んでいくのです。この部分死が存在することを承認しなくてはならないし、それが本番の死を受け入れる準備になるのでしょう。

耳が遠くなれば、補聴器を付けたりして少しは改善することができます。しかし、もし私が歩けなくなったら、どこへも行けなくなるという意味で、足から死んでいくことになるのでしょう。餌を取れませんから、動物だったらもう死ぬ運命です。

昔、ある物理学者が、私が失明するかもしれない眼病になった時に、こうおっしゃいました。「目が見えなくなったら、死ぬべき運命なんですよ。なぜなら、動物としては、餌を取れなくなれば死ぬよりしょうがないから」と。私は、そういう率直で科学的なものの言い方をする人が好きで、ああ、なるほど、と感心したものです。

でもそれから間もなく、私は、その先生が総入れ歯だという非常にうれしい発見をしてね、逆襲したんです。「歯がなくなったら、動物としては死ぬ運命ですよ。餌を取ってきても食べられませんから」と。お互いに、「動物じゃなくてよかったね」というのが結論です。動物としての運命をそこで承認し、納得しつつ笑えばいい。

『老いの才覚』ベスト新書

A・デ・メロ神父——ただ精一杯生きるだけ

一日一日をどうよく生きるかは人によって違う。憎しみや恨みの感情をかき立てて生きる人と、一日を歓びで生きる人とは、同じ升に入れられる時間でも、質において大きな違いが出てくるだろう。

自分のことだけで一日を終わる人は、寂しい。しかし他者の存在を重く感じ、その幸福をも願う人は、死者さえも交流の輪に加わっていることになる。尻枝神父がご自分の周囲のすばらしい人たちの最期に触れ、「微笑んでいる死」というものがある、と実感を持って語っているところである。
そう思ってみると、死はそれほど恐ろしいものではない。死を恐れるのは、死を前に何もしなかった人なのだろう、ということになる。
インドのイエズス会の修道者だった故A・デ・メロ神父はこう書いた、という。

「精いっぱい生きる日が
もう一日与えられているとは
何と幸せなことだろう」

それ以上の計算は、人間には必要ない。病んでいる人は病んでいるままに、悲しんでいる人は悲しんでいるままに、今日を精一杯生きるだけなのである。

『誰にも死ぬという任務がある』徳間文庫

与えることができる人間は、最後まで現役

ただ黙って受けるだけなら、子供と同じです。もし、「ほんとうにありがとう」と感

謝して受けたら、与える側はたぶんうれしい。お茶を一杯入れていただいて、何も言わずに当然のように飲むのと、「あなたのおかげで、今日はおいしいお茶が飲めました」と言うのとでは、相手の気持ちが全然違うでしょうね。
もし与える側でいられれば、死ぬまで壮年だと思います。おむつをあてた寝たきり老人になっても、介護してくれる人に「ありがとう」と言えたら、喜びを与えられる。そして、最終的に与えることができる最も美しいものは、「死に様」だと思っています。子供たちは今、死ぬということを学ぶ機会があまりないから、それを見せてやることだけでも大した仕事だと思います。死後、臓器の提供や献体を希望する人もいるでしょう。どんなによぼよぼになっても、与えることができる人間は、最後まで現役なんですね。

『老いの才覚』ベスト新書

最期の瞬間まで、その人らしい日常性を保つ

先日一人のドクターから、いい話を聞いた。その末期癌の病人は、娘が夫と転勤した

土地で新たに作った家のことがしきりに気になっていた。できれば行ってみたい。しかし今までの常識的な医療体制の中では、とてもその地方まで旅行することは許されない。

しかし主治医は「行ってらっしゃい。行けますよ」と言ってくれた。もちろん詳しいことは私にはわからないけれど、痛み止めなどできる限りの方策は用意して出たのであろう。

とにかく喜びは人に元気を与える。病人は、娘の家で幸せな数日を過ごした。恐らく孫とも話し、家族で食卓を囲んだであろう。

もはや一口も食べられなかったかもしれないが、家族の団欒とは実際に食べる食べないではないのだ。

その人は病院に帰った翌日に亡くなった。

そこにあるのは「よかった」という思いだけである。「何てすばらしい最期の日々だったのだろう」とその話を聞いた人は思う。娘の家に行くのはそもそも無理なのに、主治医が許可したから病人は死期を早めた、などと訴えたりは決してしない。それどころか、主治医の勇気ある決断に感謝を惜しまないのが家族の人情である。

音楽の好きな私の知人も癌を患っている。体力は落ちているが、音楽会に行きたい、という思いは抜けない。

「いらっしゃいよ」と私は言っている。少し痛み止めが効いているからぼんやりしている、とその人は不安がるが、眠くなれば眠ればいいのだ。万が一、音楽を聴きながら死ねたら、最高の死に方だ。人は最期の瞬間まで、その人らしい日常性を保つのが最高なのである。

『人生の収穫』河出文庫

冷酷な息子が最後の数日に会いにきた

ある時、老いた母が死の床にいた。息子はもう長い年月、会いにも来なければ、電話一本もかけてこない。こういう不思議な子供が、最近の世間にはうんと増えている。

老母は死ぬまでに、一度でもいいから、息子が会いに来てくれることを願っている。

今までのことをなじる気持ちなどさらさらない。もし会えれば「元気だったの？」と尋ね、「仕事はうまくいっている？」と気にかけ、孫のことを「今度何年生になったんだっけ。お勉強は何が好きなの？」と聞こうと思っている。小遣いを入れた封筒も渡してやりたい。しかし息子は、そうした老女の最期の願いを叶えてやる気配はなかった。

そんな話は、世間の至る所にある。私たちは誰でも、思いを残して死ぬのである。こちらが愛し続けていたなら相手のことはどうでもいい。こちらが憎むようになったらそのほうが悲惨だ。

しかし最後の数日に、思いもかけない救いが現れる。病人の幻覚の中で、冷酷な息子が会いに来たのだ。孫を連れて……。その人の娘が、私に打ち明けてくれた話だ。これこそ幻の「断層現象」なのである。

「兄が母の見舞いになど来るはずはないんです。私たちは兄の正確な住所さえ知らないんですから。でも母は兄が会いに来てくれた、と言い張って亡くなりました」

親に冷たかった兄は、娘にとってはいまいましい存在なのだ。それなのに母が精神的な錯乱状態の中で、兄をいい息子だと思って死んで行ったことが許せないのだろう。

しかしそれでいいのだ、とこのごろ私は思うようになった。その錯覚こそ、私流に言うと神さま仏さまの贈り物なのだ。

コレスニコフ大尉の遺書

私が最近、心を打たれたのは二〇〇〇年八月十二日バレンツ海で沈んだロシアの原子力潜水艦《クルスク》の乗組員ディミトリー・コレスニコフ海軍大尉が残した遺書である。彼は《クルスク》に乗り込むために家を出る前に、妻のオルガに当てて、まるで自分の運命を予測していたような一つの詩を書き残していた。

「私の死の時が来たならば、
今はそのことを考えないようにしてはいるけれど、
妻に、
君を愛しているよ、
という時間を与えて欲しい」

このコレスニコフ大尉が、沈没した潜水艦の中でも最後の記録を綴っていた人だということになっている。艦内の短い記録は紙の両面に書かれており、片面は妻への言葉、片面は事故に関する技術的な報告だった。

『至福の境地』講談社文庫

与えない老女の教え

一人の老女の葬式に立ち会ったことがある。悪い人ではなかったのだが、小心で自分の保身しか考えない人であった。金銭も物も労力も、もらうことばかり考えていて、彼女は与えることをほとんど知らなかった。つまり彼女は、出入りの商人からもらった宣伝用の安タオルが何本溜まろうと、それすら老人ホームで世話になる人に「お使いなさい」とは言わない人だった。新しいタオルは黄ばんだまま何本も彼女の遺品の中に残されていた。それ以上に彼女が人に与えなかったのは感謝であった。彼女の会話と言えば、不満を訴えることだけだった。

出棺の時、その人の娘が、泣きながら棺に取りすがって切れぎれに言った。

「お母さん、今度生まれ変わる時は、人に尽くせる人になって、もっと楽しく暮らすのよ」

それは悲痛な叫びであった。しかし私は、この老女も娘に一つの教えを残していったような気がしてならなかった。つまり愛すること、尽くすこと、与えることこそ幸福の実感なのだ、ということであった。こういう親の例がなければ、賢い娘でも、これほどはっきりした認識をしなかったのではないかと思えたのである。

『悪の認識と死の教え　私の実感的教育論』青萠堂

新天地を求めて歩き出したアフリカの祖先たち

「三日水を飲まないと死ぬ」という常識だけでなく、「この暑い季節に一日に充分な水を飲まないと脱水症状で死ぬ」とかいうことが日本では盛んに言われるようになったが、これも危ないものであった。私が調べた範囲で、一九四〇年にアウシュビッツで人の身代わりになって餓死刑を受けて死んだマキシミリアノ・コルベというポーランド人の神父は、まる一四日間水なしで餓死刑室の中で生きていたし、現代でもサウジアラビアの南部に住む種族は一日一杯の水で生きているという。私は気温が四〇度以上に上る土地に何度も行ったが、そういう土地に限って「今日は脱水症状で何人死んだ」などという報道が出たためしはない。数年前に行った北アフリカのジブチでは気温が五十七度だったが、「本日、何人死にました」などということが話題にのぼったことはなかった。

それでもなお、人々は死んでいるのである。このジブチというところは、現在は自衛隊がイエメンの南の海域に出没する海賊対策のために護衛艦二隻とＰ３Ｃ（対潜哨戒機）を派遣しているが、このジブチの奥地、エチオピアに近いあたりは、五、六万年前、アフリカの生活を捨てて新しい天地を求めて歩き出した一握りのアフリカ人たちの出発地点だと言われている。その光景を「ナショナルジオグラフィック」という雑誌が報道したことがあるのだが、現在でもまだ政治的状況の困難を避けようとして、彼らの先祖と同じ道を辿って脱出を試みる人たちが水源もない荒野の中で行き倒れになっている土地だという。その半分野獣に食われた生々しい遺体の写真が載せられていたこともあって、私は深い感動を受けた。我々は五万年かそれ以上前に歩き出した先祖の――勇気に満ち、幸運に恵まれた――人々の祝福された子孫なのである。

『毎日が発見』２０１６年５月号　ＫＡＤＯＫＡＷＡ

最後も軽く知らせて死んだ方がいい

行方をくらまして死にたいと願う心理も、人間には常にあると思う。私は覗いたこともないのだが、富士のすそ野の樹海に入って死ぬ人がいまでも後を絶たないのは、それを示しているからだろう。私の中にも、ほんの少しだが、そのような願望がないでもない。しかし実行しないのは、身を隠して死ぬという結果は、人騒がせだからである。同時にそれは私の人生で、その時々に私を生かすために助けてくれた人々の好意を、否定するもののようにも思えるからである。

ほんとうはどのような死に方をしようと私は同じだと思っている。しかし人は決して一人で生きてきたのではない。私は人々の中で生きてきた。だからその人々を悲しませないように、最後も軽く知らせて死んだ方がいい。いつが終わりだか分からないということは、どんなものごとにとっても、誰の死にとっても折り目正しさに欠けるから、私は取らないのである。

生きる希望にしがみつくのは人間の運命

『不幸は人生の財産』小学館

私は戦争中の中攻という飛行機に乗っていた海軍軍人を主人公にした小説を書くために、何人もの飛行機乗りに会った。中には、間もなく特攻機に乗る筈だった人も含まれていた。

「曽野さんだから申し上げますが、特攻で死んだ人たちは、決して本当に死ぬとは思っていなかったんです」

その人は或る日、私に驚くべきことを言った。

「でも飛行機は片道分のガソリンしか積んでいなかったでしょう」

私はびっくりして尋ねた。

「もちろんそうなんです。遺書も書き、髪も爪も切って残し、新しい下着に着換えて、水盃で別れて行きます。理性的にみても、客観的状況に於ても、九割九分九厘まで、死ぬ運命だということははっきりしている。けれど、彼らは、それでもなお、死を信じちゃいないんです。たとえ、片道分のガソリンしかなくても、自分はもしかすると生き残るんじゃないかという気がしているんですよ」

「どんなふうにしてですか？」

「出撃の途中で、引っ返せという命令がでるとか、突っ込んだつもりでも、海上に着水して、意識を失ったまま、救助されるとかです。お互いに、そんなことは口にもしなかった。しかし、心のどこかでは、誰もが、百パーセント死ぬとは思っていなかった。だからこそ、彼らは耐えられたんです」

その人は、自分の話が、戦死者の尊厳を傷つけはしないかと恐れたようである。しかし、どうして、そんなことがあろう。私は思わず涙ぐんでいた。そのかりそめの救いが、最後まで、若い人々の心につきそっていてくれたことがもし本当なら、何という明るい話だろう。そしてたとえそうでも、私は彼らの殉国の想いにいささかでも汚点がつくなどとは思いもしなかった。

「命を賭けてる、という人も、実際には、生きる可能性がずっと強いことを知ってるんでしょうね。ヨットで太平洋を横断しても、犬ゾリで南極探険をしても、スキーでヒマラヤの上から滑降しても、危険はあるけど、生きる可能性はぐっと大きい。そういう時に、人間は生命を賭ける、という言い方をするんです。つまり賭ける、というのは、『死ぬ決心をした』というより、賭けて勝つ可能性もけっこうあると思っていることなんです」

「そうでしょうね」

私はいつの間にか答えを導き出されていた。考えてみれば、その人の言う通りであった。

死刑が確定している囚人でさえ、彼は命を賭けているに過ぎない。法務大臣は、刑の執行命令書に何年もサインをしないかも知れないし、そのうちに恩赦の処置がこうじられるかも知れない。絞首刑の場合、綱が切れたら許されるのだとかいう「風説」があって、そんなことはまずありえないだろうとは思いながら、私なら、その希望にしがみつくだろう、と思われる。どのような病気にも、奇蹟的な快復ということが常にあり得るし、どのような危険にも、信じられない生還のチャンスはある。

それがこの世に生を受けた人間の運命である。しかし、イエスの最期だけは違った。イエスは死ななければならなかった。百パーセント、死ななければ、その役目は果たされなかった。そのような状況は、この世に、二つとない。

『私を変えた聖書の言葉』海竜社

ゲッセマネの祈り——キリストの人間的な叫び

なぜ主は、最後の一時を、自分一人でなく、かねてお気に入りの三人の弟子たち、ペトロ、ヨハネ、ヤコブを連れて行かれたのか。一人では心細かったのかもしれない。

ゲッセマネは、「油絞りの場所」という意味で、つまりオリーブの搾油所のことである。実際にそこに製油所が当時あったのかどうかは別として、人々はその土地をそう呼んでいた。オリーブは、生命の長い植物である。その樹齢は、何百年にも及ぶという。だから、外敵が入って来て、その土地の人々に経済的、日常的打撃を与えようと思ったら、必ずオリーブの木を切り倒すのだ、という話を聞いたことがある。ゲッセマネの近辺にも、古いオリーブの木があったのであろう。

その時、イエスは、近づいて来る十字架上の死を思って、堂々と、或いは、黙々と耐えていられたのではなかった。「わたしは死ぬばかりに悲しい」と弟子たちに打ちあけられたのである。「ここを離れず、わたしと共に目を覚ましていなさい」ということは、「いっしょに起きていて欲しい」という訴えとしか思えない。しかし、その運命は、誰かに代わってもらえる、というものではなかった。主が、「少し進んで行って」という何気ない描写も私の胸をうつ。所詮、弟子たちとも離れて、それは一人でなしとげられねばならぬ任務であった。主は孤独であった。一人で、苦しみに立ち向かうほかはなかった。

極み、救いを求める極みの動作のように見える。なぜならば、普通、当時のユダヤ人は、立って祈ったからである。エルサレムの神殿では、至聖所の手前のとばりのこちら側で、大祭司だけがひれ伏して祈った。しかしこれは例外である。

それから、イエスは、まるで、私たちと同じような祈りをされたのである。もしできることならば、苦しまないで済むようにして下さい、と改めて祈られたのである。十字架刑は、長時間かかる苦しい死刑であった。記録にあるように、同じ日の夕刻までに、十字架につけられた人が息絶えることは珍しかった。イエスも、それを逃れようとなさった。初めから堂々と、「願わくば我に七難八苦を与えたまえ」などとはおっしゃらなかった。

何という人間的な叫びであろう。キリスト教を知らない世間の人々が、われわれキリスト者に対して、「悟り澄ました人」「悩みもなく救われている人」と思うように、聖書をていねいに読まない人だけが、イエスという方は、いつも説教ばかりして、堂々と十字架にかかって死んだと思っている。しかし、ここを読めば、キリストが神性とは別に人性において、まさにわれわれと同じ恐怖や悲しみにうちまかされそうになっていたことがわかる。
しかしイエスは、決してただ、十字架の苦しみから何がなんでも逃れさせてくれ、とは言わなかった。もしそれが、神の思し召しなら、自分はお受け致します、と血のような汗を流して言われたのである。

『私を変えた聖書の言葉』海竜社

死にゆく老婦人が示した「愛」

生まれるのも死ぬのも一仕事である。もちろん中には「十五分くらいで生まれてしまった」というような言い方をされる赤ちゃんもいるし、「お昼寝をしていらしたお祖母さまが、ちょっと普段とは違う首の曲げ方をしていらっしゃいました。それで胸騒ぎがして近づいてみたら、もう亡くなっておられました」というケースもある。羨望というのは、まさにこういう場合に使う言葉かも知れない。しかし大多数の人間は、「大変な思い」

をして生まれて来て、「多かれ少なかれ苦しんで」死ぬのである。

さし当たり、私たち誰もが、これからの任務として、死ななければならないのだが、これは、最後の大事業である。そして、私たちは、身近な人の死を見て、死に方を習うのである。

この頃、私は、どんな死に方も立派だと思うようになった。

かりにここに、死にたくない、と言って泣き喚く人がいるとしよう。生き方の美学が狭量だと、その人は人間ができていないとか、みっともないとかいうことになる。しかし私は小心者だからよくわかるのだが、思い切ってみっともなくなれる、ということも、一つの正直ですばらしい才能のあらわれである。ツー・テン・ジャック（トランプゲーム）で、スペードのツー・テン・ジャックが揃うと、それだけで勝ちになるように、自分の弱さを、そのような形で完璧に出せれば、それだけでもう、その人は強くなれたのではないかと思う。私たちは、弱いからこそ、少し無理して、自分は見かけだけでも強い人間のようにふるまいたがる。

かつて私は、もう天寿に近いと思われる老婦人の長患いの病床を見舞ったことがあった。

その人は元気な時には、気丈な人で、その気丈さの故に、時には困らされる人もあったのだが、病床でも、彼女の気質は残っていた。
彼女はすっかり痩せ衰えていたが、それでも、頻で笑っていた。口端の皺がヒダのように見えるほどいたいたしかったが、それでも彼女は、逆に見舞いに行った私たちの一家の近況を、尋ねてくれた。それは何でもないことのようでいて、そこに彼女の「愛」としか呼べないようなものを私は感じた。自分の病気、自分の苦痛だけで手一ぱいのはずなのに、この人は、健康人の私たちのことに、心を向けてくれたのである。私はその時、このような時間を、数分でも持って死にたい、と思ったことを今でも覚えている。

『私を変えた聖書の言葉』海竜社

肉体はすでに崩壊しかかっても、往々にして魂は燃え盛る

安楽死という言葉を、初めて聞いたのは、高校生の頃だったと思う。学校では、安楽死はいけない、と教えられたのだが、その頃から、性格としては麻薬志向型だった私は、しかし薬の力で楽に死ねたらいいなあ、と内心こっそり考えたことを今でも覚えている。

後年、三十代になって不眠症になり、睡眠薬中毒になりかけた萌芽はその頃からあったと思う。

正直なところ、不眠症を救うのに信仰が有効であるなどとは、その当時は全く承認できなかった。しかし、私が、そのような状態から脱出し、今はかなり精神も肉体も自然で自由になったことを思えば、その背後には、人間は弱くても見捨てられないのだ、という信仰上の認識が全く役立たなかったとは思えない。弱くていい、と言って何もしないのではなく、弱いことはわかっているのだから「そこからチョボチョボやりましょう」という気になればいいのである。

死病は、論理的に言って、今までで、一番重い病気なのだから、苦しいのは致しかたない。とは言いながら、敢然とそれに耐えます、などとは、とうてい私には言えない。しかしその際どうしたら理想的であるかは、ここに明らかに示されたのである。

苦しみも又、一つの恵みだ、という言葉は真実なのだが、これほど口にできにくいものもないだろう。他人が苦しんでいる時に、はたでこう言ったら、これほど同情のないものはないし、自分が苦しんでいる側で、他人にそう言われたら腹が立つに決まっている。

それにも拘らず、それが真実であることが私には辛い。承認したくはないのだが、少なくとも、楽よりも苦が、平凡な人間を考え深くするという現実は、恐らく信仰のあるなしに拘らず認めざるを得ないであろう。非凡な人は、楽な時にも、常に暗い極限を見得るであろう。しかし、私には「苦しい時の神頼み」の方がぴったりする。

できれば、人間の最期に与えられる苦しみを、できるだけ正気で味わい受けなさい、と主は言われたのである。十字架にかけられた人、病の床にある病人、共に、物理的には無力で何もなし得ない。彼らは働くことも、遊ぶことも、何もできない。しかし、もしかすると、できるかも知れないことが一つだけある。それは、「この不法な苦しみの中で、自分の生涯の総決算をする機会を作る」ことなのである。

もちろん、そのような偉大なことがなされたかどうかは誰にもわからない。会社の決算報告と違って、この決算書は人の眼にふれるということもないからである。しかし人間そのもの、生き甲斐、愛、許しなどに対して、本当の答えを出し得る対決の場は、実は意外と、この死の苦しみの一時期に用意されているのかも知れないのである。肉体はすでに崩壊しかかっても、往々にして魂は燃え盛る時がある。そして人知れず、その総決算を完了した人だけが、真の人間としてこの世を終わる。現世がどんなにみじめであっても、そこまで到達した人は、人間として成功した生き方をしたのである。われわれが他人の一生を決して外側から軽々しく批判すべきではないということの根拠もこの秘密の部分にあるからだ。

もっとも、こういう見方に対立する考え方もある。私たちは虫歯一本痛くても考えがまとまらない。病人は、むしろ大変に動物的本能が強くなり、ひたすら生に執着するから、ちょっとよければ、生きぬいた後のことばかり考え、少し悪いと、ただひたすら苦しみから逃れることばかり思うという。

そんなことを聞くと、卑怯な私は又嬉しくなる。考えなくて済むなら、けっこうなことです。「無我夢中で死にましょう。それが凡人の死というもんです」と私は居なおるつもりなのである。

『私を変えた聖書の言葉』海竜社

「平安」が常態ではなく、不安定こそ世のならい

この世に、物理的、物質的、精神的「平安」というものがあって、それこそが窮極の

目的だと思うのは、決していいこととは私には思えない。子供の自殺が多くなったのは「生きることすなわち、平安であるべきだ」と思わせられて生きて来た結果かも知れない。私は二つの理由から自殺など考えなくて済んだ。一つは小さい時に母が私を連れて死のうとしたことがあったからであり、もう一つは戦争によって私は死の危険性を毎日のように身近に感じる生活をよぎなくされていたからであった。

当時も、私は健康であった。もし私が、多くの人のかかる結核にでも冒されていたら、私はもっとはっきりと、死を願うなどということは、何という大それたことか、と思ったろう。戦争中も人々は決して死にたくはなかった。むしろ危険が迫れば迫るほど、何とかして生き延びようとした。自殺未遂の体験があると、あんなキザなことは決してしたくない、と思うようになる。キザというにしてはかなり深刻なことなのだが、その時のことを懐かしく思い出すとそういう言い方がしたくなる。

つまり子供には、「平安」が常態ではなく、不安定こそ世のならいだという姿勢で親が対して行けば、ほしいおもちゃが買ってもらえなかったからとか、友達に裏切られたとか、先生に叱られたとかいうことくらいで、死ぬことにはならない筈なのである。

『私を変えた聖書の言葉』海竜社

死ぬ寸前の朝露のような貴重な一時

かつて私は安楽死を認めないカトリックの一人の神父が「死ぬときは一回なんですからね。充分に味わって死ななきゃいけないんですよ」と言ったのを聞いたことがある。最早、意識の無くなった臨終直前の病人にも、時々雪国の冬の日に鉛色の雲の切れ目から、信じられぬほど明るい陽が射すことがあるように、予期せざる静かな優しい透明な自覚が、恩寵のように与えられることがあると聞いていた。一人の人間の一生が、たとえそれまでどれほどに混沌とした汚辱や混乱の中にあろうとも、死ぬ寸前の朝露のような貴重な一時に、たとえ口はきけなかろうとも、彼が自分の生涯をふり返って、澄んだ明晰な結論を出せたら、その「生」は誰に知られなかろうと、成功したものになるのであった。もし人為的に死を早めれば、その何ものにも換えがたい大切な一刻を失うことになるかもしれないのである。

『紅梅白梅』講談社文庫

老医師からの3つの教え

まだ中年の頃、私は尊敬する老医師から、人間の最期に臨んでやってはいけないことを三つ教えられたことがあった。

・点滴乃至は胃瘻によって延命すること。
・気管切開をすること。
・酸素吸入。

若い人が事故で重体に陥ったような場合は、もちろんあらゆる手段を使って、生命維持を試み、それを回復に繋げるべきだが、老人がいつまでも点滴で生き続けられるものではない。また気管切開をすると最期に肉親と一言二言話をするという貴重な機会まで奪うことになるから絶対に止めた方がいい、と私は教えられたのだ。

何歳からを「もういつ死んでもいい老後」と決めるかは、自分で決定するほかはないと私は思うのだが、私たち夫婦は、老後は、一切生き延びるための積極的便康診断も、手術などの治療も、点滴などの延命のための処置も受けないことに決めていた。現実に思い返してみると、私は六十歳くらいから、癌などの早期発見のためのレントゲン検査も全く受けていない。それでも私は既に八十代の半ばまで、特に重い病気もせずに生きて来たのだ。私の知人の医師たちは、「レントゲン検査を受けなかっただけでも、長生きしますよ」と私をからかう。

しかし医療行為を自発的に受けないからと言って、私は自暴自棄的な生活をするつもりはなかった。私は自然にできる限りで、家族の食事に気を配り、睡眠、仕事、生きる意欲すべてに、前向きであるように仕向けているつもりだった。

『夫の後始末』講談社

第4章

見送る側の務め

よそ様にご迷惑をおかけしないこと

母がまだ完全に頭がぼけない頃、私たちはかなり細部にわたって、人間の死後の「実務」について話し合ったことがありました。

「何でも使えるものがあったら、使ったらいいわ」

母はそう言いました。人間の体についてです。それで私たち一家は献眼の手続きをアイバンクにしてあったのです。神父さまもいつか、そういうカードをお持ちでいらっしゃいましたね。

母の体をきよめて、気持のいい衣服に着換えさせたあと、私は献眼の電話をしました。読売光と愛の事業団は夜で出ませんでしたが、もう一つカードに電話番号が書いてあった東大眼科はすぐ出ました。

約一時間後に、お医者さまが来られました。私はその時、母の足許でお祈りの本を読んでいたのですが、お医者さまは私に、

「ここにおられますか。それとも場をはずされますか」

と訊かれました。正直なところ、東大病院に関して私が聞かされる風評は、今までのところ悪いものがほとんどでしたが、その質問には爽やかなものがありました。私は「ここにおります」と答えました。するとお医者さまは母の顔の上に緑色の手術用の布をかけられ、約十分ほどで、その処置は終わりました。

神父さま、私は正直なところ、献体というものが、残酷な感じを持つものではないか、と内心恐れていたのです。私がさし上げるのが、自分の眼か体なら問題ありません。しかし世の中の大半の方たちが、死後にせよ、「眼をくり出されるのは恐ろしくてできない」とか、「もし来世があったら、ずっと眼なしでいるのですか」とお考えになるので、当人の望みがあっても、遺族に他から圧力がかかってできない、と言うのです。

しかし、母が最後に眼をさし上げたことが、どれほど私たちの心を明るいものにしたか、想像もできないほどでした。

母の死後、十一時間ほど経った時、私は大阪へ講演にでかけるために羽田の空港に立っていました。

「よそさまにご迷惑をおかけしないこと」というのが母の希望で、私たちは母の死を極秘にしていましたし、母が死んだからと言って、対外的な予定を変更することは一切しないと私は朱門とも決めていたのでした。

その日は二月とは思えないほど、暖かい、晴れた明るい冬の日でした。あ、もう外出する時でも、母に関して何も心配しなくていいのだな、と私は思いました。私はそれまで、自分の生活を母のために犠牲にした部分はほんの少しでしたが、いつも心の中で母の容態の変化を恐れ続けていました。旅先に電話がかかってくれば、反射的に、三人の親たちの誰かに何かあったのではないか、と脅えていました。しかし、その時私はもう母のことを心配しなくてよくなったばかりでなく、私は母の死が成功だったということを確信できるようになっていました。

神父さま、態度の悪い言い方をお許し下さい。「もし来世が本当にあるなら」と私はキリスト者としてはあるまじき言葉を呟いていました。母はまちがいなく天国に入れて頂いたでしょう。なぜって二人の方に角膜を提供して、視力の戻るのにお手助けしたような母が、たとえ生きている時に、少々他の方を困らせるようなことをしても、「地獄」へなど行くわけがありませんでしょう。そしてもし「天国」があるなら、他人に眼をさし上げた母は、天国にいる方たちの中でも、とくによく見える視力を頂いているに違いありません。この思いが、その日、私の心を救っていました。献眼が、残酷などころか、これほどにも残された者の心を満ち足りたものにするとは、私たちは誰も想像できなかったのです。自殺未遂事件の時、母を許さなかった朱門が本当に母の存在に素直な喜びを持ってくれたのも、嬉しいことでした。

『旅立ちの朝に——愛と死を語る往復書簡』
曽野綾子・アルフォンス・デーケン　新潮文庫

墓地に咲く花

お妹さまは、すこしお立ち直りになりましたでしょうか？　悲しんでいる人は必ず慰められると聖書にも書いてありますし、温かいご家族の存在ほど危機を乗り切るのに力になるものはありません。たとえ何も持っていない人でも、時間という大きな要素が贈られています。

悲しみの時でも苦しみの時でも、私たちは素直にその時に流されてこの世を生きるほかはない。それは全く迷うこともなくそうだとわかってはいるのですが、実際問題としてはなかなかうまくいかないことなのですね。

先日、私はやはりご主人をなくされた方とお話ししていて、当たり前のようでいながら今まで私が思いもつかなかったことに気がついたのです。それは、もし魂を信じているなら、この世は別ればかりですが、次の世は再会ばかりだということです。それを信じられれば、死はずいぶんと楽しみなものです。

この前お手紙を差し上げてから、私はたっぷり一月あまりをマダガスカルで暮らしてきましたが、帰って見ると、海の見える三浦半島の墓地に母のお墓ができていました。もっとも墓石はまだこれからゆっくりデザインを考えて注文するつもりです。

納骨の日には母の孫、孫の奥さん、皆来ました。曾孫だけはうちで留守番でしたが……。私は息子にそれとなく尋ねました。

「花立てはどうする?」

息子は私の質問の意味をすぐわかったようでした。

「花立てはやめさ」

「じゃあ、水仙と百合を一杯植えよう」

墓地の花立てには蚊が湧くから生きている人のためにいけない、と私たちは話し合ったことがあるのです。それで私は、今、母の墓にどういう百合と水仙を植えるか、いろいろ計画を立てています。それは母の墓を飾るという目的のためだけではありません。墓地とか病院とかいう所には、どうしても花がなくてはいけないと私は思うのです。

それは病む人、死んでいく人、残される人総てにとって、生命というものは誰かの死とは関係なく続いていくものであるということを感覚的に知ってもらう必要があるからです。そしてそれは死んでいく人にとっても、決して残酷なことではなく、むしろ大きな慰めであるはずです。ですから私は本当のことを言うと、花壇や並木のない病院などというものは許可すべきではないと思っているのです。

『旅立ちの朝に――愛と死を語る往復書簡』
曽野綾子・アルフォンス・デーケン　新潮文庫

母のために断った仕事

親が年をとってきてから私たち夫婦は、社会との約束と個人の生活、もっとはっきり言えば、年取った親がいつ病気するか、その臨終の時に必ず子供が傍にいるようにするべきか、ということで、何度も何度も話し合いました。私たちがプロであるなら、社会との契約を優先させていいのだ、と夫は言いました。そうでないと、私たちは、親が半分病気で弱っている、というような状態のうちは、何年間も、地方の講演会もお引き受けできなければ、外国取材もできなくなる。それは、一見親孝行のように見えて、実は親に自分の行動を妨げられているという実感の堆積になり、自覚しなくても、意識の底で親の死を待つようになる。それはどう考えても、むしろ親に対して冷たいことなのだ、と夫は言いました。

それでも、私たち夫婦は親を置いて行けないので今まで、何度か外国での仕事を断ってきました。夫は、外国の大学の先生の口を、少なくとも、二度、はっきりとお断りしました。

私は……今になったから笑い話として申しあげられるのですが……一度、南米のある国の大使にならないか、と内意を訊かれたことがありました。その時私は首をすくめて笑い出し、私の能力を実に買いかぶってくださった方があるものだ、私がもし本気になってそんなことをお引き受けしたら、そこの大使館の全員が、一月以内に胃潰瘍になる、と思ったものです。しかしもう一回は、これはほんとうにやりたかったことでした。私は海外青年協力隊の現地の連絡係のような仕事を提供されたのです。この時は、私はほんとうに行きたかったのです。

私はそのポストをお断りした後でも、まだその仕事についてあれこれと空想したくらいでした。しかし、私はやはり母を置いては行けなかったのです。

父母います時は遠く遊ばず、ということはなかったのですが、とにかく、私たちは、旅行を除いては、両親たちと住み続けました。しかし社会との契約は疎かにしないことにしたのです。

眼を取りに来られたお医者さまが帰られた時、夫は一言、「おばあちゃんも、眼をあげたりして、いいことしたね」と祝福してくれ、看護婦さんには、「もうこれで、朝まで休んでください」と言い、私にも、「もう起きてることはないさ。なんの心配もなくなったんだから。それより、講演があるんだから少し寝ろよ」と言いました。それもそうだ、と私は思いました。母に息があるうちこそ、起きて傍にいるべきですが、今はもう何も心配してあげることはないのです。

『旅立ちの朝に――愛と死を語る往復書簡』
曽野綾子・アルフォンス・デーケン　新潮文庫

お参りに来るほかの人たちのために

夏休みになりまして、私がたった一つ長い間さぼっていたことを果たしたとすれば、それはやっと母の墓石を作ったことです。母はもう昨年の二月に亡くなったのですから、私は一年半も、お墓を完成しなかったことになります。もちろんお骨を納める部屋とか、外側の小さな囲いはできていたのですが、その上に乗っけるほんの小さな石に少し凝っていたのです。

そのお墓は日本人が普通にするように、何々家というような文字もなく、小さな十字架と、短い言葉をラテン語で彫りつけることにしました。それは「神に感謝いたします」という言葉なのです。そして、お墓の裏側のほとんど人の気づかない所に、さらに小さく「私たちの罪をお許し下さい」という言葉を刻みこみました。いろいろ考えましたが、この二つの言葉以外に、私は祈るべき最後の言葉を思いつかなかったのです。

お墓は私たちの家族が皆好きな海の見える明るい丘の上にあり、ちょうどオレンジ色の百合が盛りでした。前にも書いたかと思うのですが、私たちは、お墓の前に、これも日本人の習慣になっている花立てを作りませんでした。お墓の花立てに花をいけるとすぐ枯れて汚くなり、しかもそこに蚊が湧いて生きている人たちを刺しますからやめようということで、息子もそれに大賛成だったのです。その代わり、私は春に、毎年ベコニヤを植えることにしました。百合と水仙と曼珠沙華は、もう植えてあるのでそれぞれの時期に花を咲かせてくれます。毎年、春にベコニヤさえ植えれば、この花は丈夫で、長い間、お墓を明るく飾ってくれます。

私はお墓というものは、自分の家のためだけでなく、お参りに来るほかの人たちのためにも明るく綺麗なほうがいいと思っています。母はいわば、天寿を全うして亡くなりましたが、お墓に入っていらっしゃる方々の中には、まだ随分若いのに亡くなられた方々がいらっしゃいますね。それらの方々の残されたご家族が、深い喪失の思いに耐えながら、ここに会いにいらっしゃる時、その恋人たちの逢瀬にも似た素晴らしい時間が、できれば、優しい花や風に包まれているほうがいい、と私は思うのです。

『旅立ちの朝に――愛と死を語る往復書簡』
曽野綾子・アルフォンス・デーケン　新潮文庫

葬式は本当に「おめでたい」

八月の末、有吉佐和子さんが亡くなられました。そのほんの数週間前、何かの雑誌で、ジョギングをなさっていて、一時間に十二キロ走るのを目標にしている、とおっしゃっているのを読んだばかりだったので、私は朱門に、「有吉さんてすごいわよ。あなたより早いじゃないの。でも、別に無理しないでね。あなたの方が年寄りなんだから、無理して走って死んだりすると、新聞に『マラソン爺さん死ぬ』なんて書かれますからね」と言ったばかりで、大変にお元気だとばかり思っていたのです。

私たちは昔同じ同人雑誌にいました。才気煥発な方で、すぐぱっと自信を持って反応されました。私はややしばらく考えないと、その意味が分からないようなところがあったので自分で「水銀灯」だと思っていました。「水銀灯」というのはお分かりになりますか？「水銀灯」というのは、すぐぱっとではなく、だんだん明るくなりますでしょう。

あんな具合に、いささか頭のめぐりの遅めの人を「水銀灯」というのです。

しかし考えてみると、私たちは健康だから死なないのではないのです。健康というのは、あくまである瞬間までの仮初のもので、その次の瞬間には、もう動いている心臓が止まることも、ごく自然なことなのだと思います。早く死んでいいということはありませんが、私たちは、一定の年になったら、もう明日は生きていないかもしれないという予想のもとに一日一日の始末をしておくべきなのでしょう。

有吉さんのお葬式は、東京カテドラル・聖マリア大聖堂で行われたのですが、この建物は年がふるごとに、さまざまな人生の姿を抱擁するものになりました。息子たち夫婦が結婚式を挙げたのもここでしたし、私たちはこれからも多くのお葬式と結婚式をここで体験するでしょう。お祈りしているうちに、有吉さんはあんなにたくさんの、社会に刺激を与える作品をお書きになったのですから、神さまが「ご苦労さん」と言って労をねぎらっていらっしゃる姿が見えるような気がして来ましたが、その時、ふと思い出されたのは、「聖母の騎士」社の坂谷豊光神父さまが日頃よくおっしゃる言葉でした。

「曽野さん、僕、葬式はほんとうに好きだな。結婚式というのは、行く末どうなるか分からないけど、葬式はほんとうにいいね。完全に終わったわけでしょう。もう不安も何にもないから、おめでたいんですよね」

ほんとうにそうです。生きている人間だからこそ、これからどんな悪いことをするかもしれない。しかしもう生を終わった人に対しては、ただ後は神の慈悲と愛が待っているだけです。私は甘いのかもしれませんが、ほとんどすべての人が天国に行くと思っているのです。

カトリックのお葬式が、一向に暗くないことを不思議に思う人がよくいるらしいのですが、私たちは時々、おめでとうと言いたいようなお葬式に出会います。それは、その人の運不運、健康不健康、才能のあるなしを超えて、その人が自分に与えられた仕事を果たして死んで行った場合です。それは初代キリスト教会を作るのに大きな功績のあった聖パウロが「テモテへの第二の手紙」(第四章六節―八節)の中で言っている晩年の心境に表されている状態です。

「今や、わたしの血はいけにえとして注がれています。この世を去る時が来ました。わたしは、良い戦いを戦い、走るべき道程を走り終え、信仰を守り抜きました。この後、わたしのために用意されているのは、義の冠だけです」

実はその人がこの世でどれだけのことをしたか、ということは大した問題ではございませんね。私に能力がなければないままに、どれだけやったか、ということが大事なのです。世の中の普通の能力主義では、個人の才能のあるなしは問題にされません。むしろ人間を並列に並べて評価します。一日に百個を生産する人は、十個しか作らない人よりは、十倍高く評価されるのです。

しかし神は違います。体の不自由な人がようやくの思いで作った一個は、体の自由な人が、怠け怠けいやいや作った百個よりいい仕事をした、と判断します。

このようなことができるのは、実に神だけです。「第五世代のコンピューター」と呼ばれるものができても無理でしょう。神は完璧に正確で繊細な観察者ですし、神の測定はまことに真実で個性的なのです。ですから、私たちがその人のお葬式で思わず笑顔がでるような人というのは、聖パウロのように自分の人生を生き切った人です。

『旅立ちの朝に——愛と死を語る往復書簡』
曽野綾子・アルフォンス・デーケン　新潮文庫

「生きる意欲」をとり上げられた孤独な老女

知人から、一人の孤独な老女の話を聞いたのです。この老女は、早く夫を失い、戦争で子供もなくし、全く一人になって、生きて来ました。教養もあり、気性も強い人で、知人の家のお手伝いさんというより、主婦代りのような仕事をして生きて来ました。

ところがやはり年のせいで、とうとう体の自由のきかない病気になって働けなくなってしまった。それを聞いて、昔の女学校時代のクラスメートたちの間で、何とかしてそのひとを救おうという話が出ました。

甥に引きとられているとはいっても、さしかけのような畳もない板の間に寝ていて、雨の日に見舞に行った人は、雨もりがするというわけではないのだけれど、カラー・トタンに降り注ぐ雨の音を頭上に聞いているだけで、心理的にびしょぬれになりそうだった。もちろん、隙間風は入るし、甥の奥さんという人だって、義理の伯母の面倒を見るのは決して望ましいことではない。

甥夫婦の生活も楽ではなさそうなので、皆は醵金《きょきん》して、善後策をこうじようということになったそうです。ところがこのひとは、昔から、甘えた所もないし、他人に助けられることも好きではない。クラスメートの中には、お金をあげることはいけない、と頑強に主張する人もいましたが、とにかく、ことここに至れば、さしもの彼女も、皆の好意を受けてくれるだろう、ということになりました。

見舞に行った人が、彼女を安心させるために、皆の計画を話すと、彼女は、くれぐれも、そんな心配をしてもらわないように、と言いましたが、これはまあ、社交辞令と思われたのです。ところがそれから一週間もしないうちに、このしっかり者の老女は首を吊って自殺しました。皆に迷惑をかけてまで生きていたくないから、という遺書が残されていた、というのです。

老女をとりまく誰にも、悪意は全くなかった。ただ、このひとは、その性格からして、どのような病気の状態になろうと、一人で生活をたたかいとって行くことが好きだった。ですからその第一の目標をとり上げられそうになって生きる意欲を失ってしまったのでしょう。

一人の人間を救うことの背後には、手をさしのべることと同時に、冷酷に放置すべき部分があり、それがわからないと逆に人一人を殺してしまうのです。

『仮の宿』PHP文庫

ぜひ臓器をとことんお使いください

二〇一〇年一月四日付の新聞で嬉しかったのは、臓器移植の動きが新聞数紙で報じられていたことである。ことに「世界日報」が提供者や受け手の個人名以外の詳細を書いてくれたことを感謝したい。なぜなら、それは無言の大きなドラマだと思うからである。

金沢医大病院で脳死と判定された四十代の女性の心臓は国立循環器病センターで拡張型心筋症の三十代女性に、肺は大阪大医学部付属病院で間質性肺炎の四十代女性と東北大病院で肺リンパ脈管筋腫症の四十代女性に移植された。

さらに膵臓と腎臓は同じ東北大病院の糖尿病性腎症の三十代男性に贈られ、もう一つの腎臓は金沢医大病院でIgA腎症の四十代男性に、それぞれ移植された。しかし、北海道大病院で四十代女性に移植予定だった肝臓は「医学的理由により見送られた」という。

日本臓器移植ネットワークにも新たな動きがあった。一月三日、佐久総合病院で硬膜下血腫によって脳死判定された四十代男性の心臓は大阪大医学部付属病院で、二つの肺は東北大病院で、肝臓は北海道大病院で、腎臓の一つは長野赤十字病院で、もう一つの腎臓と膵臓は東京女子医大病院で、それぞれ一月四日に移植された。

一つの事業を行うのに、その制度においても、技術においても、最初から完全であるわけはない。必ず人間的な不平等や技術的な失敗がつきまとう。しかし一九九〇年から始まった「臨時脳死及び臓器移植調査会」のころのことを考えると、当時の委員の一人だった私としては感動を禁じ得ない。やっと、「あげたい人と受けたい人との間のみで」臓器移植が軌道に乗るようになったのだ。

八十三歳で亡くなった私の母は、遺志に従って死後すぐ角膜を提供した。大学病院から大きな冷蔵庫を持ったドクターが来られて、母の両眼を摘出し、きちんと義眼を入れて帰られた。

それからの私たち家族は、不思議な安らかな思いに包まれた。通俗的な言葉で説明するほかはないが、もし現世での行いの結果、極楽と地獄のどちらに行くかが決まるあの世というものがあるとするならば、この角膜を提供したという行為だけでも、母は決して地獄には行かないだろう、という安堵感に包まれたのである。

脳死の段階で臓器をあげたくない人は、断じて断ればいい。しかし私の家族のように、脳死を死と判断して、ぜひ臓器をとことんお使いくださいと望む人間の希望もまた、叶えられてもいいだろうと思うのである。

『国家の徳』扶桑社新書

死者が残すべきは「身軽くて温かい記憶」

私の知人で、地方のお墓に納骨に行く時、お骨の箱を一瞬駅に置き忘れた家族がいる。忘れられたのは深く愛され、最期まで温かく看取られた父であった。子供や孫が大勢いっしょだったので、未亡人は子供の誰かがお骨箱を持っていると思っていたのである。ところが、列車に乗る前に気がついてみると、お骨を入れたボストンバッグを誰も持ってはいなかった。

私はこの話が好きだ。亡くなったお父さんも、こんなに朗らかで自然な家族の胸に抱かれて最後の旅をして、「また、やってる！」という感じで、家族のドタバタをスリルと共に楽しんだことだろう。死者が最後に愛する家族に残すべきなのは、この「身軽くて温かい記憶」なのである。心身共に、もう残すものはない、という感じほど、死者を送るのに適した状況はないだろう。

『人間の愚かさについて』新潮新書

上坂冬子という魅力的な生涯

上坂さんは生涯にその鋭い評論家の眼でいくつも名言を残したが、そのうち二つはなまなかな眼力では口にできないものである。

一つは「東京の地価が高いのは魂の自由代が含まれているからだ」というものであった。上坂さんは現在、最高裁のあるあたりの東京の一等地で生まれ、やがてトヨタ自動車の本拠地に移り住み、一時はトヨタにも勤めた。しかし才能は自由な開花の地を求め、勤めを辞めて東京に出た。トヨタに勤めていても、女性重役第一号になっていたかもしれなかったのだが。

東京は誰がどのような生き方をしても一切、口出ししない土地だ。彼女にとっては、この自由こそ人間性を保持するための社会構造上の必須条件だった。

二つ目の名言は、ここ数年来のものである。彼女は私に「もう一つする仕事がある」と言うようになっていたが、それは「死ぬという仕事を果たす」ことだったのである。東京裁判、北方領土、原発と社会問題に精通し、私が「小選挙区制ってなんですか？」などと聞くと「その問題はあなたにもう三回も説明した！」というような彼女だったから、私は次のテーマは何なのだろうと思ったが、それは人間の宿命としての死を通過することだった。

最後の『老い楽対談』の中で、私たちは魂の問題、葬式のやり方まで語り尽くした。たった二つだけ私たちは似ていた。出版社から取材費はもらわない、ということと、死後著作以外で自分の存在を残すような記念を何一つ望まない、ということだった。

私は彼女の死を少しも悼んでいない。これだけ自由に羽ばたき、「上坂冬子」という名前を聞いただけで皆が笑顔を禁じ得ないような魅力的な生涯を、誰もが送れるものではないからだ。

『自分の財産』扶桑社新書

人間は一人ずつ消えていく

昔、空襲を逃れて疎開した時、その地方都市の学校で、すぐに友だちができた。背がクラスでも高い方の四人が親しくなったのである。そのうちの一人はとにかく異性にもてた美女、もう一人は典型的なよくできた奥さん、三人目は地方文化のために活躍した文化人になり、私は間もなく東京の生活に戻った。

皆性格は違うけれど、それぞれの道をその人らしく堂々と辿ったといえる。しかし、もうそのうちの二人が亡くなった。早過ぎる、と私は神さまに文句を言っている。残る一人も八年間、脳内出血で寝たまま意識がない。私はたった一人になった。

八年間ベッドの上にいる人は、それだけで苦しみに耐える姿を見せている。

闊達で賢い人だった。お料理上手で、魚の焼き方から、カボチャの煮方まで、私は彼女に教わった。世間の習慣に柔軟に従いながら、静かに自分自身の好みを失わない人生の達者だった。しかし何より彼女が魅力的だったのは、寛容で親切だったからだ。この二つの徳は、私が終始、最高に尊敬するものだったように思う。

講演でその町に行ったついでに、私はひさしぶりに彼女を見舞うことにした。話もできない。多分私が来たことは精神の奥深くではわかっているのだろうけど、視線にも言葉にも反応はなかった。

昔まだ少しは会話ができた頃、私はいつもお菓子を持って見舞いに行った。食べるという行為は、最後の会話だった。しかし今彼女はもう何年も経口的に食物を食べていない。胃から直接に栄養を入れているので、共に食べるという楽しさを奪われた。人工的な栄養摂取の方法は、どこか不自然でもある。彼女の肌は年を取らない。しわもなく、若い血色のいい肌をしている。私は彼女の頬を撫でるだけだ。彼女を訪ねた後、私は八年間、意識のない姑を看護しているその家のお嫁さんと、彼女たちの家に行った。今病床にある友人が、昔は主婦として座っていた昔の炬燵もそのままだった。

今はお嫁さんが主婦になったわけだが、部屋は昔と変わらずきれいに整理されていた。食器も少しずつ、趣味のいい和食器が増えていて、私は茶托に載せた日本風の茶碗で香りのいい紅茶を飲ませてもらった。迎合的でない、気持ちのいい暮らしだった。

もう少し、同級生の彼女には元気で暮らしていてほしかった。いっしょに旅行もしたかった。しかし人間は一人ずつ消えるのが自然なのである。英語で言うと、それは「ノーマル」（自然）なことなのだ。イタリアで暮らす友だちは「ノルマーレ」だと言う。

『謝罪の時代　昼寝するお化け〔第八集〕』小学館

誰が見知らぬ人の命を結ぶのか

ごく最近のことであった。ある日私が帰宅すると、会計の責任を引き受けてくれている岩元洋子が、いつものきれいな筆跡で私の机にメモを残してくれていた。

「磯貝洋丈さま。

十八歳で交通事故のため、亡くなられた方でした。アルバイトで溜めていたお金六万七千円を、お母さまがご寄付くださいました」

それだけである。しかしこの三行のメモははるかに大きな力を持っていた。十八歳の死はそれだけで、私から言葉を奪う。残された父と母はもっと苦しいだろう、と考える。しかしその母は、息子が青春の形見として残したささやかな貯金をそのまま自分が使おうとは決して考えなかったのであった。

母はそのお金が命を育む力になることを望んだ。たとえ自分の息子の死は、破壊的な力の結果であろうと、その死の結果はむしろ執拗に命に向かうことを願ってくれた。失われた息子の命は帰ってこない。しかしそこには運命の潮流を希望に向かわせようとする強力な意志の力が輝いていた。

私は偶然をあまり信じたくない性格だった。しかしちょうどその頃、私の手元には、全く地球の反対側のボリビアから、一通の喜びに弾んだファックスが届いていた。

「四月二十五日、十七時三十分、エキペトロ教会で一八三三ドルを確かに受け取りました。ミルク代として早速使わせて頂きます。四月十六日、赤ちゃんが高熱、嘔吐、下痢で二人入院しました。今日また一人肺炎になりかけて入院しました。入院費にも使用させて頂きます。必要な時に必要なだけ送ってくださる神さまと海外邦人宣教者活動援助後援会の皆さまに感謝しています。幼い命が守られ、救われました。本当にありがとうございました」

それはボリビア、サンタ・クルス市で親に見捨てられた幼い子供たちの家、ホガール・ファティマをやっているシスター・樫山からのお礼のファックスであった。時間まで明記されている所に、シスターの安堵と喜びが伝わって来るようであった。シスターからは、ミルク代が続かなくなっている、とSOSの手紙が来たのだが、現実はもっと深刻だったのだ。赤ちゃんが病気になって入院させても、シスターはその入院費の当てがなかったのである。

誰が見知らぬ人の命を結ぶのか、私はわからない。しかしこのようにして、地球上ではいつも誰かが誰かを救うことになっていた。

『神さま、それをお望みですか　或る民間援助組織の二十五年間』文藝春秋

人間の死後に対する扱い方

母が死んだとき、この従兄は真っ先にやってきた。母はすでに八十三歳だったから決して若くもなく、突然の死でもなかった。だから誰もあわてなかったのかもしれないが、この従兄はすでにお棺に入っていた母を見るなり、「もったいねえなぁ」と言ったのである。私が「何が」と尋ねると、「こんな立派なお棺に入れちゃって。これだけの木を僕にくれれば、いい箪笥を作るのになあ」と言ったのである。これらはいかにも彼らし

い言葉だったので、お棺の中に納まっていた母も決して驚かず、笑ったに違いないと思うのだが、この従兄は徹底した科学的な物の考え方をする人であった。彼に言わせれば、人間が死んで、それを燃やすなどというのは、とんでもない地球温暖化規制に反する行為だというのである。第一に、そのために木を燃してしまう。お金がある人ほど立派な分厚いお棺を燃やすわけだから、それだけ材木も使い、燃料も使うことになる。

「人間は死んだら然るべき工場に運んで、全部分解すりゃいいんだよ」というのが彼の意見であった。骨はカルシウムになるし、あとはアミノ酸だか何だか知らないけれど、立派に肥料として使えるというのである。

「ナチスの強制収容所じゃないんだ。きちんと医療を受けて、家族に愛されて息を引き取ったあとの人間は、そこでもう一度お役に立てばいいんだ。今のやり方は違っているよ」と彼は言っていたが、この人間の死後に対する扱い方はまだあまり変わる傾向にない。最近、海に流す散骨葬という風習があって、それはそれなりにいいと思うし、私は火葬には大賛成である。感染症の蔓延を防ぐし、土葬と違って場所を取らない。

『人は皆、土に還る』祥伝社

おせっつぁん、成仏してくんねえのう！

この夕焼けの中に煙になってのぼって行く祖母を思い、それから人生がひどくあっけなく退屈だという思いを、私は噛みしめていた。どんなに痛いことや苦しいことでも、この儚《はかな》さほどひどく私を恐怖におとし入れるものはないような気がした。私の心臓がうまくもちさえすれば、私は火力の強い松の木のお陰で、ほっくりといい具合に焼ける年まで、せめて生きていたかった。

読経の声がしたのでふり向くと、棺はおんさんの建てた松の木の櫓《やぐら》の中にちょこんとのっけられていた。読経は短かった。かわるがわる皆が焼香をして坊さんが二三歩退くと、おんさんと見知らぬ男が煉瓦づくりのかまどの下の方にしゃがみこんで火をつけた。細い煙が、なんまんだぶ、なんまんだぶ、という人々の呟きの中を、のんびりと上って行った。間もなく火勢は烈しくなり、港から照りつける夕陽の光を受けて、オレンジ色の舌のようなものが、青竹のたがの色も新しい棺と、傍の水々しい夏の草を舐め始めた。

ハッピを着た男が、父に何か小声で挨拶した。それが隠亡らしかった。父はもえさかる火に向って深く頭を下げると、皆をうながした。母は泣いていた。燃えている火と夕陽は、それだけでも感動的だった。

私は人々の最後からもと来た道を戻り始めた。木のはぜる音が私たちを追いたてるように聞え、私は明朝お骨を拾いにもう一度この坂道を登る時の苦しさばかりを考えていた。

その時突然、私の背後に大きな声がした。

「おせっつぁん！」

祖母の名がせつであることを私はその時思い出した。焔《ほのお》の中の祖母に向って、大きな声で呼んでいるのはおんさんだった。彼の老いた頬は紅潮していた。夕陽の為か、本当に彼が興奮しているのか、私にはわからなかった。

「おせっつぁん、成仏してくんねえのう！　うらも、もうすぐ後から行くでのう！」

私は母の涙が驚きの為に枯れているのを冷酷に見つめていた。

『曽野綾子選集2』読売新聞社

夫の介護人になると決めた時

どこが悪いか検査するための入院をしたのが二〇一五年の秋だが、その短い入院の間に、私は日々刻々と夫の精神活動が衰えるのを感じた。ほんとうに恐ろしいほどの速さだった。病院側は、実に優しくしてくれたのだが、私は急遽、夫を連れ帰ってしまった。

家に帰って来た時の喜びようは、信じられないくらいだった。「僕は幸せだ。この住み慣れた家で、廻りに本がたくさんあって、時々庭を眺めて、野菜畑でピーマンや茄子が大きくなるのが見える。ほんとうにありがとう」などと言うので、「世の中何でも安心してちゃだめよ。介護する人の言うことを聞かないと、或る日、捨てられるかもしれないわよ」と、私は決していい介護人ではなかった。しかし私はその時から、一応覚悟を決めたのである。夫にはできれば死ぬまで自宅で普通の暮らしをしてもらう。そのために私が介護人になる、ということだった。

『夫の後始末』講談社

介護する側に必要な心身の糧

夫の介護をしながら、書く仕事だけ続けているのが楽で、どこへもでかけたくなくなった、と言ったら、友達が「それは鬱病よ」と一刀両断に診断してくれた。それならそれで、別に不便でもない。しかし私は、自分を家畜と見て、飼い主が心身の糧を与えることだけは怠らないように、一定の日時の間に必ず外出する予定を組んでいるのである。精神の飼料のつもりだ。だから私は、かなり遊んでいる介護人にも見えるだろう。

『夫の後始末』講談社

凡庸な人間の哲学

私が夫の食べるもののことばかり考えて疲れているのを見た或る知人が言った。

「そんなに無理しなくたっていいじゃないの。自然な成り行きに任すことにしたんなら、それでいいんじゃないの。自然に食べなくなれば、それも寿命でしょう」

その通りなのである。自然の成り行きに任せることはつまり老衰だが、それが一番自然で、当人にとっても楽な死に方だということは、最近の雑誌や週刊誌にもよく書いてある。そしてこの世に死なない人は、一人もいないのだ。それを知りつつ、そしてまた私たちは、その摂理に従うことを百パーセント承認しつつ、私はなお自然の経過に逆らっていたのである。

たとえ病人であっても、高齢者であっても、食べる食べないは当人の意志の問題である。普通、意志というものは、周囲もそれを尊重して、当人の選択に任せればいいものだ。しかし我が家の九十歳の夫となるともう自分ではできないことが多いから、そうもいかない。当人は原則「要らない」「食べない」と言うことに決めているらしく、食卓に座るや否や、眼の前のお皿を向こうへ押しやる。そんな贅沢を言っていいの？戦争の終わり頃、南方のジャングルを幽鬼のように痩せて彷徨っていた敗残兵たちは、あなたが拒否したお米のご飯だとか、柔らかいお豆腐だとか、しっかり出汁を取った味噌汁を一口でも口に出来る日を夢見ていたのではないの？　人間の想像力というものは、実に貧困で適切な時に働かない。

食欲がないということは、生の拒否の情熱に繋がっていて、それは多分、ネガティヴな意味ではあっても、一種の哲学的なものだろう。そして私は、学者でもない市井の凡庸な人間の哲学というものを、或る意味で高く評価しているのである。

『夫の後始末』講談社

看取りの基本は、排泄物の世話である

奉仕を意味する「ディアコニア」というギリシャ語の原語を考えれば、もっと厳密な意味を持つ。「ディア」は英語で言うと「through」、つまり、「……を通して」という意味である。「コニア」は、「塵、あくた」である。「汚いものを通して」ということは、「人間の排泄物」を通して、ということだ。奉仕とは、うんことおしっこの世話をすることなのだ。それ以外は、人に仕えることではない、と私の知人の神父は言った。

これは私にとって決定的なことだった。奉仕というのは他人に対する行為だが、家族に関して言えば、「看病」つまり看取りだ。その看取りの基本は、排泄物の世話なのである。

もちろん人は、愛する人のことなら何でもできる。別に愛していなくても仕事ならできる。そして家族なら、選択や思考なしに、できる場合が多い。少なくとも世話をしようとするのが普通だ。別に血のつながらない人――友人――とでもその関係はできる、という人もいる。そういう例もあるだろう。しかし私は懐疑的だ。

家族なら、ことに夫婦や親子なら、運命も受け入れやすい。世話をするのが当然、と思える。それはもはや、自分と家族の誰かの、どちらがどれだけ受けた、という自覚が可能な問題ではないからだ。少なくとも私は素朴だった。父は母と別れて再婚していたが、私は残された自分の母と夫の両親の老後をみるのは、自然のなりゆきだと思った。ほんとうのところ、特に嬉しかったり悲しかったりすることではない。ただ一緒に暮らすように決められている人たちだと感じていたのだ。

『夫の後始末』講談社

すべてのことに感謝する

看護師さんのお世話になる時、私は、「ありがとう、を申し上げないの？ありが二十は？」と言うことがあった。入院する前、朱門は近くの老人ホームにショートステイで「お泊まり」をする体験をした。そこで若い看護師さんに習って来た流行語ではないかと思うのだが、その時から「ありが十」ではなくもっと深い感謝を示す時に「ありが二十」という「若い子ちゃん風」の言葉を使うようになった。

私が促すと朱門は低い声だったが、穏やかな表情で「ありが四十」と言った。すさまじいインフレーションで、感謝の度合いは倍々ゲームで増えていたのだが、それも彼独自の数の感覚を盛り込んだ表現だった。彼はまわりのすべての人と、日本の社会にも感謝していたのである。

『夫の後始末』講談社

ベッドから眺める地球の営み

病院でも私は、意識の混濁のある彼の傍で、同じような平凡な夜を過ごそうとしていた。ソファで横になると、私は小さくても明るいLEDの電気スタンドを持ち込んで本を読んだ。まだそんなに弱っていなかった頃、私たちはそうして夕食後を過ごしていたのだから、入院後も同じようでありたかった。私は人間の死は、ごく平凡な或る日に、それとなく自然に訪れることが望ましい、と考えていた。死ぬ方も送る方も、今日が最後の日などと意識しない方がいい。

もっとも私は病院のベッドの傍に取り付けられているモニターと呼ばれる機械の、基本的な部分だけは読めるようになっていた。朱門の最期の頃、家族も及ばないほど付きっ切りで面倒をみてくれた看護師の廣子さんから習ったのである。私がしていたことは、恐ろしく乾燥する病室内の空気を、自宅から持ち込んだ加湿器で潤すことだけだった。私は夜中に二リットル以上、加湿器に水を運び、時間帯によって細かく室温を調整した。

私は朱門が寝たまま（意識があればの話だが）ベッドの上から、月や、中原街道と呼ばれる幹線道路の自動車のヘッドライトが生き物のように流れる様子を見られるように、細かくカーテンを調節した。朱門も夕日や朝日や、町の雑踏を見るのが好きだった。生きている地球の営みの姿を眺めていられるということは、一種の贅沢なのだ。

『夫の後始末』講談社

生命の負け戦

死の直前になると、取っても取っても沸き上がるように出てくる痰に苦しむということがなかったのである。夜中に一、二度喉がごろごろ鳴ることがあると、私は申しわけなく思いながらボタンを押して看護師さんの部屋を呼ばせてもらった。痰の吸引のためだが、それほど痰は多くなかった。その度に、点滴についている秘密のボックスのようなケースつきの箱のどこかのボタンを「ワン・プッシュ」してくれる。それでモルヒネがほんの少し入るのか、朱門はすぐに穏やかになるのである。

一月の末頃、病室に朱門の肺のレントゲン写真が届けられた。それは肺の形をした臓器の上を、白い寒冷紗ですっぽり覆ったような不思議なもので、すでに肺機能はほとんど失われていることがまざまざと見て取れた。患者の家族がこういう段階を踏んで、病人が最後の病気と闘っており、人間の定めとして一度は、完全な負け戦を体験するのだ、と予測できることは決して悪くない。それがなければ、人間はどれほどでも思い上がりをする。歴史中のいかなる偉大な権力者も、一度はこの生命の戦いに負けた。その時、その人は絶対の弱さを持つ人間になれたのである。

『夫の後始末』講談社

夫は充分に医療の恩恵を受けた

私は何でも「長続きする」ことこそ任務を続行する最大の才能だと思っていた。小説家になれる素質として、作家の宇野浩二氏は「運、鈍、根」が必要とおっしゃった。運も大きい。しかし何年でもその仕事に従事できる鈍感で根気のいい性質こそ、成功の秘訣だと言われたのである。介護でもまた同じであろう。私は朱門の介護を、五年十年単位の長丁場になる、と見越していた。しかし二〇一七年に入って、ほとんど固型物を口にしなくなってから約一ヵ月後の一月二十六日、朱門は血中酸素量が極端に下がったというので救急車で病院に搬送され、そこで約九日間、末期医療の看護を受けた。決して放置されたのでもなく、投げやりな死を迎えたわけでもなかった。朱門は現代の日本国民として充分な医療の恩恵を受け、意識のあるうちに息子夫婦にも、イギリスに留学中の孫夫婦にも会い、最後の夜は私が病室のソファで過ごし、華麗な朝陽の昇るのに合わせて旅立って行った。

『夫の後始末』講談社

朱門の命は神の手の中に

朱門は息をしていなかった。眠りの続きに見えたが、顎の微かな動きは止まっていた。私は何をする気にもならず、ずっと傍で朱門の髪を撫でていた。私は時計を見た。テレビの画面にも時間が出ていたので見ると、六時五十分だった。大きな窓の向こうに、東京の空の果てを引き締めるような雪の富士が見え、朝日がはっきりと昇ろうとしていた。看護師さんが入って来て、「今、当直の医師を呼んでいます」と言った。しかし誰も慌ててはいなかった。やがて初めてお会いするドクターが来られ、瞳孔の反応などを見られ、死亡時刻を七時十二分だと言われた。
それからしばらくの間、私は何をしたか、記憶の欠落があるようだが、私は落ち着いていたつもりだった。戦いの終わりをこの清明な朝と決められたのは神であった。その時、朱門の命は、深い納得と許可の下にしっかりと神の手に受け取られたと私は感じることが出来た。

『夫の後始末』講談社

お棺にしのばせたユーモア

私はその夜遅く、短い手紙を一通書いて朱門のセーターの内側に入れ、出棺の直前、お棺を閉じる時に、約束通りあれほど毎朝待ちかねて楽しみに読んでいた朝刊を一部入れた。お棺の中にたくさんの「もの」を入れるのは焼却の能力を減らすよくないことだ、と教えられていたからである。するとたった一部の新聞は、彼の死亡を伝えた産経新聞だったので、彼の胸のあたりに自分の写真が出ていた。誰かがちょっとそれで笑った。決して侮蔑ではないが、こういうおかしなことになる死者の存在が、やはり滑稽だったのであろう。

朱門の告別式に当たるミサは、死去の翌日の二月四日の夕方だった。誰かが立春の日で、春がくるんですねえ、と言ったので、私は朱門も今日から春が来ると喜んでいるだろう、という気がした。

『夫の後始末』講談社

夫の死後も生活を変えない

彼の死後、私が望んだのは、生活を変えないということだった。死んだ人があの世から現世を見ているとは思わないが、もし見ることがあったら、自分が見馴れていた頃と同じ生活がくりひろげられている方が安心するだろう。

人間はたかだか、百年しか生きない。いや十歳、三十歳、五十歳で人生を終わる人から見ると、百歳は充分に恵まれた長寿を生きたことになる。しかし百歳を生きた人も、初めから百年目を生きていたわけではない。その人は、年を重ねるごとに、今の生活を創り上げて行ったのだ。だから死の直前に見た自分の生活が、歴史に裏うちされて、最もその人にとって見馴れ、安定した光景だろう。

だから私は、夫の生前の生活をそのまま継続することに、少し固執した。「少し固執」という日本語には、不正確さがある。しかしこうした曖昧さが、実は私の本質だった。好みはあるが、何事でも強く言い張ると、力学的に周囲に迷惑をかける。だから、少し言ってみて、ダメなら引っ込める、というのが私のやり方だった。

もっとも、私は常に神がいることだけは信じていたから、自分の内面を見通している神に、嘘をつくことだけはしたくなかった。神を裏切る時は、「只今から、あなたを裏切ります」と言った方がいい。

「変わりませんね」とか「お元気でお過ごしのようで安心しました」と朱門の死後言ってくれる人がいると、私は複雑な思いになった。私は夫がこの世から消えたことに、何一つ傷ついていないように見えたのだろうか。私は見栄っぱりを通すことに成功したのか。それとも、ただ他人より鈍感なのか。

しかし私はできるだけ変わらないことを、朱門のために自分で選んだのである。

『夫の後始末』講談社

何も大変なことはなかった

朱門の死後、他人は私に何度か「さぞかし大変でしょう」という意味のことを言った。

「何がですか?」

と思わず聞き返したのは、私には何も大変なことがなかったからである。初七日から七七日の四十九日までの週の同じ日に法要をする、という仏教の習慣を我が家でもやると思ってくれていたのかもしれない。しかし我が家はカトリックだし、私は朱門の魂がその辺に迷いながら、漂っているとは思えなかった。

この間、或る雑誌を見ていたら、すばらしい居間だか応接間だかの棚の一部に、お骨を置いておられる家があった。どなたが亡くなったのかはわからない。亡き人が「当分の間、お骨は自分のうちに置いてくれ」と言い残されたという例も聞いているので、そのようなご遺言があったのかな、と思ったが、私は朱門のお骨を常識的な日時が過ぎた後、お墓に納めることにした。これも朱門が生きていたらどう言うか、と考えてのことである。

死者が自分のお骨の扱いについて注文をつけるわけはないのだが、この場合も、朱門が言いそうなことが私にはわかるような気がしたのである。それは「一人一人の人間は、その時の自分の立場で、自分がいるべき場所にいる方がいい」ということであった。我が家にはすでに、三浦半島の海の家からほど遠くない墓地にお墓ができていたので、そこに埋葬すればいいだけなのであった。

『夫の後始末』講談社

幸福を先に取るか、後に取るか

自分の死後、残された夫や妻が、すぐに「来てくれればいい」というのは、浮世を持ち越した考え方だが、あまり効用性はない。一方、重荷になっていた配偶者がいなくなったので、生気を取り戻し、青春を再び生き直しているように見える「残された人」もいる。これが「ハッピイ・ウィドウ（男でも同じ表現でいいらしい）」である。

考えてみれば、同居して長い間、重荷のようになっていた配偶者なら、死後その重荷が取り除かれて幸福になる。しかし同居していた時、十分に楽しかった夫婦なら、一人になれば寂しさだけだろう。それも考えてみれば、平等な運命の与えられ方だ。幸福を先に取るか、後に取るか、の違いなのかもしれない。

『夫の後始末』講談社

大切なのは魂のあり方だけ

私は朱門の生前の顔を忘れたくない、とか、愛用の眼鏡はいつまでもとっておきたい、と思ったことはない。私にとって大切なのは、彼の魂のあり方だけだったからだ。私はただ朱門の遺体が家にあった最後の晩に、彼の額に手を当てた。そして人間の生気の一切失われた冷たさを感じて納得した。

私は彼がもし生きながら焼かれたりすると、かわいそうだから、自分で確かめようと思ったのだ。しかしその時も、私は彼の顔を見ようとは思わなかった。

今うちにおいてある遺影は、亡くなったどさくさ紛れの時、秘書と私が、写真を入れてある箱の中から、いい加減に選び出して、お葬式屋さんに渡したものだ。しかしそれは、意外と評判のいいものだった。

「この写真は似てますなあ」

と大抵の人が言う。つまり真面目ではないのである。三浦朱門という人は、口数は多くないが、会話の内容を楽しむ人であった。そして家族や秘書に対しては、多くの場合いたずらっぽい、でたらめな要素を付け加えて話した。だからその顔は、ほんの少し、どんないたずらをしようかと、企んでいる笑顔であった。

朱門は最後の頃、自分は食べなくても、よく車椅子でお茶の席には出て来た。そして秘書や私がお菓子を食べ、お茶を飲むのをつまらなさそうな顔をして見ていて、必ず後で言うのであった。

「皆よくそんなに食べるなあ。多分、今日だけでも大分太ったよ」

皆が食べる前に言っちゃだめなんだ。イヤガラセは後で言うのがこつなのだ。

その顔が、毎日私たちの目の前に肖像として残されている。

『夫の後始末』講談社

第5章

遺される者のために

母の気持ちが好きだった

母は十七年くらい、体が悪いという状態が続いた後で亡くなりましたので、急死なさった方と違って、私にもいくらかの心の準備はできていました。もちろん、はじめの十年くらいは、多少ぼけてはいてもまだ元気でしたから、母と少し遠い未来のこととして「私たち」の（母の、ではありません）葬式のやり方について話し合う機会がありました。そして私と母はかなりはっきりした基本的な合意に達したように思います。

それは、前にも書きましたが、お互いに角膜や、もし年齢的に間に合えば、脳下垂体などの臓器をさしあげるということ、お葬式はできるだけひっそりと、隠すようにやる、ということでした。

「あなたたちが少し世間的な仕事をしていると、私になんか会ったことのない方でも、ソノさんのお母さんだということで、葬式にでなきゃと思う方もあるでしょう。それがお気の毒だから、なんとかしてこっそりやってくれないかしら」

亡くなる七年前くらいの母は、まだその程度に頭もはっきりしていたので、私は、態

度の悪い娘として、

「分かった、分かった。夜中にお棺を運びだして誰にも分からないように死体の始末をして『完全犯罪』をやりますから」

などと言ったりしていたのです。

しかし、私はその母の気持が大好きでした。私は母から、自分中心にものを考えてはいけない、ということばかり幼い時からしつけられました（と言ってもその教育が定着したわけではありませんが）。ただ仕事をしてみて、自分も忙しい生活をするようになると、私はますます、世の中の方が、どんなに自然の思いのためではなく、義理のために時間を使っていらっしゃるかが、痛いほど分かるようになりました。もちろん、人づきあいを楽しんでいらっしゃる方もあります。結婚式、出版記念会、「○○さんをはげます会」、受賞祝賀会、そして葬式。そのどれにも出て、楽しそうにお酒をたくさん飲んでお帰りになる方もいらっしゃいます。

しかし、私の見る限り、そういうところへ行かねばならない、という形で一種の義務感をお持ちの方もまた実に多いのでした。私たち一家は、それに耐えられなかったのです。

幸いなことに、夫もまた、こういうことをしないほうがいいという人でした。それで、私たちは、夫婦共、最初の本が出た時にも、出版記念会などしませんでしたし、その後も自分のために人に集まってもらったことがないのです。そうそう、たった一つの例外は、私がヴァチカンから「聖十字架章」という勲章を頂いた時だけ、東京のローマ教皇庁大使館に知人の方々が集まってくださったので、パーティーの後、中国料理屋さんで、飲み直して頂いたことはありました。しかし、そのほかのことでは、そういうことをしたことがなかったのです。と体裁よく言おうとしたのですが、考えてみたら、あたりまえのことで、私は今までに文学賞というものを頂いたことがないのですから、これは正確に言うと偶然、そういうことをする必要がなかった、というべきですね。

私たちは結婚式はしました。朱門は駆け落ち結婚がすてきだ、などとしきりに言っていましたが……それは多分、披露宴をケチろうという計画だったのかもしれません。とにかく、結婚式だけは、私たちは親の顔をたてて、全く人並みにいたしました。そして私たちはお互いに言い合ったものです。今度は、もう葬式だけにしようね、と。ほんとうは葬式もしなくていいかもしれません。私たちが仮に百までも生きてしまいますと、働いていた時代の私たちを知る人も、友人もほとんどなくなり、私たちは世の片隅でひっそりと、老人として死ねばいいわけです。それは、決して不幸なことではありません。もし、私たちがそれまでに、自分に与えられた能力の範囲一杯に働いていたら、別に誰一人葬式に来てくれなかろうと、神さまは「ご苦労さん」と言って私たちを迎えてくださるだろう、と思うからです。

『旅立ちの朝に――愛と死を語る往復書簡』
曽野綾子・アルフォンス・デーケン　新潮文庫

生きている人のほうが大切

さてここから、今日の本題に入ります。その日、私の家に来た葬儀屋さんは、ほんとうに気の毒でした。私たちが変な客だったからです。

私はお棺とその上にかける黒い布だけでいい、と言いました。

「祭壇は……お花や蠟燭も飾られましょうし…」

「では、一段だけ」

「お玄関先の幕や忌中の印は……」

「いりません。写真も結構です。会葬者への通知やお礼のハガキもいりません」

夫が葬儀屋さんと決めてあったお値段は、中の中くらいでしたが、私はもっと安くていい、と思っていたのです。私の時は、緊急な事故で一度に多数の死者がでた時に使われるという(ほんとうかどうか知りませんが)、ボール紙でできた組立式のでいい、と言ってあります。

お棺が質素なら、火葬にかかる時間も短くなりますし、ひいてはそれは、地球上の大切な資源を少しでも減らさないことになります。

夫と私の間には、もうお葬式に関する青写真ができていたのでした。写真についてはいつか、母も大変尊敬していた修道女のお葬式に行った時、昔ながらの修道女のご葬儀の習慣に従ってお写真がなかったのを、私は大変さわやかな思いで覚えていたのです。その人の生きている時の俤《おもかげ》は、会葬者銘々の心の中にある思い出のものが一番自然なのです。

なぜか、人はうんと寒い時か、うんと暑い時に死にます。母の死も二月です。私はかねがねお葬式が会葬者にひどい暑さや寒さを耐えさせることになるのをいやだ、と思っていました。もう死んで楽になった人より、生きている人のほうが大切です。私は母の追悼のミサを、私が家で行うことに決めていました。そうすれば、温かい部屋の中に、椅子やら座蒲団やらを集めて、来てくださる僅かな方たちは、どこにでも楽な所に座っていただけます。

それから私は、我々は仏教徒ではないのですから、お通夜というものもしない、と皆に説明しました。皆、と言っても、何しろ、血のつながった甥姪と親友、昔、共に一つ屋根の下で家族として暮らしたお手伝いさんたちだけ。仕事でつながりのある方には、どんなお親しい方にも、一人も教えませんでした。つまり、秘密結婚、いいえ、秘密葬式です。ほんとうに母に対して思い出のある方以外、私は全くお呼びする気がなかったのです。それでも、お通夜をするなどと言ったら、二度も来てくださる人が出てくることに私は耐えられなかったのです。忙しい、まだ活躍中の人々の貴重な人生の持ち時間をそんなふうにして無駄に浪費して頂くものではない、と私は思っています。

『旅立ちの朝に――愛と死を語る往復書簡』

曽野綾子・アルフォンス・デーケン　新潮文庫

「また、お葬式しますか」

ミサは、母のミサでもありましたが、同時にそこに出席してくださった方たちすべての身近な死者たちのためにも、お祈りすることにしました。ミサの始まる前に、皆さまに親しい故人のお名前を書いて頂き、ミサの最中に、神父さまにいちいち名前を読みあげて頂いたのです。私とすれば、新入りの母を先輩方によろしくというつもりでした。

母の学校のお友達も数人来てくださいました。もうかなりのお年の方たちばかりです。献花などして頂くと、それがきっかけで転ばれたりするといけないので、私は献花もやめてしまいました。その代わり、母の好きな聖歌をプリントして、皆さんで歌って頂きました。

食事の時は、主役は、看護婦さんと数年にわたって母の面倒を見てくれたお手伝いさんたちでした。皆に出席してもらいました。そしてお帰りには、家に帰って、今日一日のことをご家族に喋って頂く時のお慰みに、軽くておいしいものを、と思い、私が密かにお菓子博士という名を奉っている、ピアニストの瓜生幸子さんから頂いたことのある優雅なボンボンを用意しました。

神父さま、私はよそさまのお葬式に関するやり方について決してけちをつけるつもりではないのですが、やはり、どこか違和感を感じ続けている面があることも隠すわけにはいきません。日本の仏教のお葬式の中にはお金のかかりすぎるのもありますね。ましてや戒名代に何十万円も、或いはもっとかかるということは私にはどうしても納得がいきません。お金次第であの世における地位が決まるのでしょうか。多分そうではないのでしょう。としたら、ますます戒名代に格差があるのはおかしなことです。もし戒名の位であの世での地位も決まるというのなら、そんなあの世に私なら行きたくないでしょう。

忙しく生きていらっしゃる方のご生活を、あまりおじゃましなかった。経済的にも、若い方の生活を圧迫するようなことをしなくて済んだ。寒い思いも、最低しかおさせしなくて済んだ。しかし、ほんとうに母を愛する人たち、お葬式の日の会食で、盛大に母のワルクチを言ってくださるような方たちは皆来てくださった。母のお葬式は、「大成功」だったと、私は自画自賛したのです。母の妹のようになっていてくださった小母さまが、

「ほんとうに今夜は楽しかったですわ。またこういう集まりをしてくださいな」

とおっしゃった時には、私は思わず笑い出し、

「また、お葬式しますか」

と言ったのですが、私はそれをとても光栄だと思ったのです。神父さま、結婚式も一つの人生の表現なら、お葬式も一つのその人の哲学の表れだと思います。私は勇気をもって、意味のない、生きている人の生活を圧迫するような習慣はやめて、生きている人々に優しいお葬式をしたいのです。母はその機会を私に与えてくれました。私も母のように密かな、人さまをあまりお騒がせしない最期を迎えたいと思いますが、それも、実は大変むずかしいことです。どうぞそうなれますように、神父さまも時々お祈りくださいませ。

『旅立ちの朝に——愛と死を語る往復書簡』
曽野綾子・アルフォンス・デーケン　新潮文庫

スラムを支援し続けたインド人神父

私は友達運が本当に良かった。偉大な仕事をした人たち、私が現代の英雄だと思う人たちにもたくさん出会ってきました。

その一人がインド人の七十一歳の神父です。一生をかけてスラムの子どもたちを支援してきた人です。

二〇一一年七月、私が代表を務めるNGOの援助先を視察するためにインドを訪れ、この神父に再会したんですが、三年前からパーキンソン病にかかり、「燃え尽き症候群」にもなっていると打ち明けられました。

美しい夕焼けの中で一つの人生の終焉が近いことを告げられて悲しかった。日本で休養されるようお誘いし、伊勢神宮へお連れする約束をしました。それが最近、私が軽い膠原病にかかってしまって果たせないのが辛いですけどね。

人生の残りの時間を、この神父さまのような、本当に尊敬する人たちと分かち合いたいと思っています。その人たちに共通した特徴は、皆、自分の運命に一生を賭けたということですね。しかも安楽な道ではなかったのに。

取材などで深く教えられた人や土地も、機会を見つけて再訪したいのですけれど、それも可能かどうか。昔の恋人に死ぬまでに会っておきたいのと同じです。

私は感動的な人生をたくさん見せてもらった。何よりの贅沢でしたね。様々なことを体験したし、小説のように面白い人生を歩ませてもらえましたから。

『曽野綾子自伝　この世に恋して』ワック

なんて私の生涯は豊かだったんでしょう

作家としてやり残したことは、ひとつもないんですね。全部叶えられたということではないんです。私は子どものときから、人間の希望は基本的に叶えられないものだと思っていますから、大きな希望を持ったことがないんです。日常生活の中でも、一番贅沢をしたのは砂漠に行ったことくらい。私には「想定外」の豪華な人生でした。

イタリア語で、「Come stata ricca la mia vita《コーメ・スタータ・リッカ・ラ・ミア・ヴィータ》」という言葉があるのだそうです。なんて私の生涯は豊かだったんでしょう、というような意味で、ごく普通の生活者が日常的に小さな感動を持ったときに呟く言葉だそうです。

一人は、大きな家屋敷を持ちたいとか、上流階級になりたいとか、そうした望みを持つこともあるんでしょう。でも、そんなこととは関係ないよ、俺の人生も結構なものだったよ、というのが、この言葉の意味のようです。

八十一歳になった今、私は、この言葉を味わうことができます。なんて素朴で素敵な言葉なんでしょうね。

アフリカでは、五歳まで生きられない多くの子どもたちがいるんです。アフリカの人たちは、貧困のなかで生きるから、人間の悲しみと苦しみを日本人より色濃く知ってきました。ひょっとすると、彼らのほうが、物質的に恵まれた社会に暮らす私たちよりも、人間として豊かなのかもしれません。

思えば、私はずっとこの世に恋し続けてきたんです。

『曽野綾子自伝　この世に恋して』ワック

働くのは人間の美学のためである

この地球が今後どんどん悪くなるだろうから、子供など生めない、生まれて来る子供もかわいそうだ、という人もいますが、私はそんなことを思ったことはありません。この地球は昔も今も、ずっと無残であり続けて来たのですもの。何も今に始ったことではありません。

しかしその中に、人間の輝くような偉大さも埋蔵し続けて来ました。人類はどんどん滅亡の方向に向うかも知れないし、そうでないかも知れない。人間の予測というものは、常にはずれますから。人類が存続するということは、実におもしろいドラマですから、私もそれを望みますが、マンモスが死滅したように人類もまた滅亡したとしてもどうしてそれを不当だと言えましょう。しかし、その事と、たとえ明日は死滅の危機にさらされようと、生きるための努力をし続けることとは全く別です。たとえ叶えられない希望といえども、そのために働くのは、人間の美学の問題です。それが生きること、そのものなのですから。

『別れの日まで――東京バチカン往復書簡』曽野綾子・尻枝正行　新潮文庫

静かに死ねたら一番

私自身は衰えてきたら、小屋みたいなところで隠遁の暮らしをして「あの人、生きてるかどうかわかんないけど、そういえば一昨日は畑してたよな」みたいに過ごして、静かに死ねたら一番いいなと思ってるんです。でも、最近は時々、体の痛い日がありますから、飲み水汲みに行くのも大変になるでしょうしね。

あと始末が大変だけど、この頃は遺体の始末をする会社がありますからね。ウジがいっぱい湧いているような場合でも、ちゃんとやってくれる。残った人にあんまりショックを与えないのが、私は好きなんです。それと一切、あとに残しちゃいけない。個人の名を記した記念館とか困りものです。

『野垂れ死にの覚悟』曽野綾子・近藤誠　ＫＫベストセラーズ

「捨てる情熱」という不思議

最近の私は「整理魔」になりかけていたので、あまり使わないものは手放すことにした。シンガポールの古いマンションもその対象だった。マンションは思いがけず、簡単に売れた。そのお金の一部がシンガポールに残っていたので、今回引き揚げに行ったのである。

銀行は東京支店でもその事務をしてくれると言ったのだが、ほかにも少し「残務処理」みたいなものがあったので、思い切って出かけることにした。

（税金の申告も税務署は偉いもので、きれいに清算してくれた。二十年ほど前私たちがそれを買った時のシンガポールドルと日本円の換算率も、今回売った日のレートも、それぞれにわかっている。当り前のことだろうが、日本の官吏という人たちは偉いものだ。）

とにかく私は今、「捨てる情熱」に取りつかれている。うちにいると、今日はこちらの引出し一つ、あっちの戸棚一個だけでも中味を出し、不要のものを捨てる、と決意する。それができると、お風呂に入ったみたいに気持ちよくなるのだ。一日の充実につながる。

たまに捨てるものをもらってくれる人もいると、更に嬉しい。

そしてまた久しぶりに会った人には「見てよ、見てよ。うちの中がガラガラになってるでしょう」と、自慢している。

こういう反応は、心理学的におかしいのかもしれない、と思う時がある。


『Voice』２０１９年４月号　ＰＨＰ研究所

夫婦は何十年もの間、手を貸し合って来た

ある時、母のところへ、昔から知り合いの老夫人が訪ねて来たことがあった。子供のないご夫婦で、今は澄み切った空気と太陽に恵まれた湘南のどこかの老人ホームにいるということを私は聞かされていた。

「ご主人さまも、今日はご一緒に来てくだされればよかったのに」

と母が言いながら、こちょこちょとお茶の支度をしているのを、私は立ち聞きしていた。

「ええ、私も、そう言ったんですけどね、でも主人が言うんですよ。私たちは今まで何でも二人で一緒にしすぎて来た。たぶんお前の方が後に残るだろうから、今のうちに少し、ひとりで遊ぶ練習をしておきなさいって……。それでこの頃、時々、別々に買物に行ったり、映画を見たりしてるんですよ」

私は胸を衝かれた。そこまで人間を見極めるために、この夫婦は何十年もの間、手を貸し合って来たのである。

忘れられることは幸福そのもの

人間の死によってもたらされる一番すばらしいものは何か知ってる?それは忘れられることなのよ。忘れられるということが、どんなに偉大なことかわかります?ずっと恨んで覚えていられることだってあり得るんだから、忘れられることはまさに幸福そのものなの。「追悼の行為」みたいなものは一切いりません。お葬式は一応人並みにした方が後が楽らしい。葬儀はしないなどと言ってみても、お悔やみの方が後からばらばら来てくださったりすると、遺族は疲れてしまうんですって。

お葬式をする場合でもお通夜なんてしてはいけません。自分の親が死んだくらいのことで、人を二回も来させるような仕組みにしてはいけない。もっとも今の日本のお通夜というシステムは、お通夜か葬儀かそのどちらかにしか来られない人のためには便利なんだけれど……。葬式は予約してやるものじゃないんだから、いらしてくださらない方があって当然よ。でも葬式だけよ、人を呼んでやっていいのは。一周忌にまで人を呼ぶ

『続・誰のために愛するか』祥伝社黄金文庫

のが最近の流行だそうだけど、悪い趣味ね。一周忌をやるなら、あなたの家族だけでなさい。他人をそんなに煩わせてはなりません。

まかり間違っても、記念のものを残さないこと。記念碑、文学碑、文学館、死者の名前をつけた文学賞、財団、何もいりません。追悼集もそういう企画が万が一出てきた時は、心から感謝は申しあげて、出さない方が望ましい。

死者が消えなかったら、どうなりますか。地球上、亡霊だらけになってしまう。もし私にいささかの光栄が与えられるとすれば、それはほんの少数の読者の方に、数年の間だけ覚えて頂いて読み継がれることだけです。

どんなに無理をしても、死者は忘れられるの。ことに文学碑ほど、醜悪なものはありません。あれこそ自然破壊の最たるものですよ。それに石に刻まなければ残らないような文学なら、消えた方がいいんだわ。

『親子、別あり』曽野綾子・三浦太郎　ＰＨＰ研究所

いい離婚は経験豊かな人にしかできない

人間が高齢になって死ぬのは、多分あらゆる関係を絶つということなのである。もちろん一度に絶つのではない。分を知って、少しずつ無理がない程度に、狭め、軽くして行く。身辺整理もその一つだろう。使ってもらえるものは一刻も早く人に上げ、自分が生きるのに基本的に必要なものだけを残す。

人は別れて行き、植物ともサヨナラをする。それが老年の生き方だ。そうは言っても、まだ窓から木々の緑は眺められ、テレビで花も眺められる。

人とも物とも無理なく別れられるかどうかが知恵の証であろう。会うより別れる方がはるかに難しい（私の知人で、三回結婚して三回別れた男性もそう言っていた）。種類を減らし、鉢の数を減らし、鉢を小さくし、水やりと植え替えがあまり要らないものにする。人とも花とも、いい離婚は経験豊かな人にしかできない。

『緑の指』ＰＨＰ文庫

余計なものはもう買わない

人生の最後に、収束という過程を通ってこそ、人間は分を知るのだとこのごろ思うようになった。無理なく、みじめと思わずに、少しずつ自分が消える日のために、ことを準備するのである。成長が過程なら、この時期も立派な過程である。余計なものはもう買わない。それどころか、できるだけあげるか捨てて、身軽になっておかねばならない。家族に残してやらねばならない特別の理由のある人は別として、家も自分が死んだ時にちょうど朽ちるか古くなるように計算できれば最上だ。

『中年以後』光文社文庫

運命に対するお礼

まず若い人が積み立てたお金を、自分の暮らしや病気のためにできるだけ使わない。

社会の片隅で、自分らしく淡々と、楽しみを見つけて生きる。今の日本の社会が続けば、誰でもその程度の自由は許されそうだ。そして適当な時に、運命に命じられたように思える「死ぬ義務」を果たす、というようなことだ。

自分の払った健康保険だけは、使い尽くして死ななければ損だという人がいるが、私はそう思ったこともない。もし私が健康で、病気をせず、自分の払ったお金をたまたま体の弱い人に回せられれば、光栄だったと思う。使わない人たちは、代わりに健康をいただいたのだから、運命に対するお礼と考えればいいのである。

『老境の美徳』小学館

哀しさを知る時期を持つ

機嫌よく生きられない理由も、私にはよくわかる。高齢者の多くは体に苦痛をかかえている。節々が痛んだり、排泄の不調があったり、息苦しかったり、顔が歪んだり、それこそ元気にしていられない理由はいくらでもある。

しかしそれでもなお、家族や周囲の人々を幸福にするには、老人は無理をしても明るい顔をしていなければならない。表面だけでもいいのである。

平等の運命を敢然として受けることが老人の端正な姿勢だと私は思う。最盛期を体験するのも恩恵だが、哀しさを知る時期を持つのも、人間の生涯を完成させる恵みの一つなのである。

『老境の美徳』小学館

古屋で死ぬのが一番いい

舅姑は質実な性格の人たちで、ことに姑は、私たちに少し経済的余裕ができた後でも、家を新築するのを頑強に拒否した。「もうすぐ死ぬんですから、そんな無駄は要りません」というわけである。しかしこう言った舅姑は、実にそれから三十年近く長生きした。

その間、私は何度もこの古家を壊して建て直してしまおうかと思った。しかしその案は一人の付き添いさんの意見で、そのままになっていた。

「お二人共、今の間取りを体で覚えていらっしゃるんですから、それを変えたらストレスになります」

舅が亡くなって十日ほど後に豪雨があった。それまで雨漏り一つしなかった古家が、その日突然耐えかねたように漏り始めた。

夫は、私たちが今住んでいる古家で死ぬことがいいという。

「その後すぐ壊せば更地になって始末いいんだ。木造は三日できれいに跡形もなくなる。金もかからないし、建物も徹底して使い尽くした。いい気分だ」

『謝罪の時代　昼寝するお化け〈第八集〉』小学館

すべて始末していく、すがすがしさ

若かろうと年取っていようと死は必ずやって来る。その前に自分が生きている間に得たものを始末していくことは、「帳尻を合わせる」ことである。その必要性を一番簡潔に書いたものは、旧約聖書の「ヨブ記」の中のヨブの言葉だ。

「わたしは裸で母の胎を出た。裸でそこに帰ろう。（１・21）」
もちろん持っていけと言われても、私たちは死んだ後、何一つ持って行くことはできないのだが、自分の死までに自分が人生の途中で集め、楽しみもしたものを、すべて始末していくのがすがすがしい。

『晩年の美学を求めて』朝日文庫

地球上のあらゆる地点が墓なのである

ときどき、私はしみじみ思うことがある。この地球が生まれてどれだけの年月が経っているのか。普通は四十六億年といわれているが、とすれば、そのあいだに一体どれだけの人間がこの地球上で死んだのか。極寒の地や火山の上は別として、人間はどこででも生き、どこででも死んだろう。生まれた土地に生えていた植物の中から木の実や草の茎や根を採集して食べ、そして、生息に適した、風の来ない暖かい南向きの洞窟や風の当たらない窪地で死んだに違いないのである。考えてみれば、地球上のあらゆる地点が誰かの墓であるに違いない。それらの遺骸はことごとく土に還り、今、私はしばしば畑の土を握りしめることがあるが、その中に先人の遺骨が入っているだろうなどと思ったことはない。それほど人間は優しく大地に還っていったのである。だから、本当は墓をつくる必要もなく、亡くなった人は自分が住んでいる土地の近くに埋めて、死後もなお、自分の生活を見守っていてもらうという姿勢のほうが本当は自然のように思う。

私はいわゆる村の墓地というものが好きで、それは村はずれに一塊になってあり、生前隣に住んでいた人が死後もなお隣の墓にいるという感じに見える。そして、その人々は、墓石自体が一つの視線のようになって、自分の暮らしてきた土地に起きるあらゆることを見ているような気もする。誰と誰が喧嘩した、どの家とどの家が娘と息子を出し合って結婚させた、どこの家の犬の子がどの家にもらわれて行った、というような村の出来事を死者たちも見守って暮らすというのは、明るい光景ではないかと思うのである。

『人は皆、土に還る』祥伝社

相続――多く働いた者が多く取る

世界的にみても、現在、長子相続の伝統を持つ文化は多いが、その反対に若年の子供に、「家督」に当たるものを相続させる場合もないではない。それは牧畜民に多いというのだが、年長の子供に、一定の頭数の家畜を与えて独立させていき、親が高齢になると、一番年若い息子のうちの一人が（こういう社会ではほとんどの場合族長は複数の妻を持っているから）、年老いた父の後を継ぐことになる。相続は当然、社会的な伝統や都合だかを考慮して行われるわけである。

しかし私がみてもっとも自然なのは、運命的に、そして性格的に、一番自然に親と同居できる立場にいる子というものが子供たちの中に必ずいて、その子がその任を負うというケースである。たとえばたった一人経済的にも不運で、自家を持てなかったような子供が、家賃が要らないなら親と同居しようかと考えるようなことはよくあるが、私は動機は不純でいいと思っているから、家賃の倹約のために親と同居する息子がいればその家族にとっては何と幸運だったのだろう、と思う。家賃の倹約など、一番はっきりしていて悪気のない理由ではないか、と思っているくらいだ。

そうしたはっきりした理由があると、親と暮らして不満など出ない。子供の配偶者である嫁も婿も、そうした明確な理由の前には、不満を口にしない場合が多い。

長子相続が不合理なのは、長子だけに財産を譲られるということがなくなり、どんな子供も平等に財産の相続権を得るようになったからである。時には高齢の親二人の生活費だけでなく、日常の暮らしの面倒まで見ながら、その親たちが死ぬと、何も手伝わなかった弟妹までが遺産をもらうというのは、どうしても理屈に合わないのである。

親から見れば、子供たちが平等にかわいいのは当然だが、やはり人間としては多く働いた者が多く取るのが当然だからである。私はそういう観点から共産主義的な考えに共鳴したことは一度もない。徹底した共同生活を目指すイスラエルのキブツなどが成功してその機能が続くと思ったことは一度もない。

『人間関係』新潮新書

何も残さないのが子供孝行

これもかなりむずかしいことだが、死後、親の着物を何十枚と残されて困っている子供も結構いる。昔の人と違って、今の人たちはよそ行きにでも、着付けにお金のかかる着物などあまり着ないからである。日記、写真など、子供がぜひ残してくれ、と言わない限り、老人と呼ばれるようになったら、少しずつ始末して死ぬことだ。ただこれが、私にはなかなかむずかしい。

衣服はもうあまり買わないようにしようと思うし、食器なども、客用のいいものをどんどん使って楽しく食事をして、もうこれ以上数を増やさないようにしようと思うのだが、旅に出てきれいなものを見るとつい欲しくなる。こういう煩悩は切り捨てるべきだということはわかり切っているのだが、あんまり禁欲的になると生きる意欲が削がれる場合もある。

ただ全体の方向としては、減らす方向に行くべきだ、ということだけは、心に銘じておいたほうがいい。

これは私の全く個人的な目標なのだが、私は自分の写真を残すとしたら五十枚だけにしたい、と思っている。もうすでにかなりの量を焼いた。私から見て叔父叔母は懐かしい人たちだが、その人たちの結婚式の写真なども焼いた。私の子供の時代になったら、もう会ったこともない人たちのことは——ほとんど興味を持たなくてもしかたがない、と私は思っている。

その点私の母は、みごとな始末の仕方をしてこの世を去ったと思う。もう体が不自由になって、外出もできなくなったと自分で思ったのだろうか、彼女は、死の数年前に、着物から新しい草履、ハンドバッグ、ちょっとした指輪まで、全部ほしいという人にあげてしまっていた。草履は二足だけ、病院へ行く時用に残した。

着物は、自分で縫ったウールの楽な外出着が数枚だけ。まともな着物は二枚しか残っていなかった。この二枚は、私が母のために沖縄から買って来た琉球紬で、「これは、私が後で着るんだから、人にあげちゃだめよ」と言って母に渡したものだった。母はその約束をちゃんと覚えていて、後で背の高い私でも充分に着られるような丈になるように裁って、一応自分の着物にしていたが、ついに袖を通すことはなかった。

母は六畳にキッチンとバス・トイレがついた部屋にいたのだが、遺品を始末するのは半日だけしかかからなかった。使わなかった紙おむつ、車椅子、などもすべて寄付した。後には、ただ爽やかな日差しだけが空っぽになった部屋に残っていた。

おかしな言い方だが、母が亡くなった時、僅かばかり持っていたへそくりもちょうど尽きかけた時だった。母が一文なしになっても、私は母の生活を見て、お小遣いを用意することとくらいはできたと思うのだが、母はその直前に死んだ。八十三歳だった。財産でさえうっかり残すと、後に残された遺族は手数がかかる。何も残さないのが、最大の子供孝行だと私は感じている。

『完本　戒老録　増補新版　自らの救いのために』祥伝社

減らすための「一目瞭然」の暮らし

年をとって来てから、私は奇妙な趣味を持つようになった。私は充分に強欲で物質的なのだが、自分に必要で適切な量だけ、端正にあることが最も美しく見えるようになったのである。押入や箪笥などには、長年の愛用品が入っているのだが、要らないものは整理して空間が残っているようにしたい、と思ったのである。

今から数年前まで、私の家には二十年以上勤務してくれたお手伝いさんがいて、私は家内ではなく家外、その人が「奥さん」であった。しかし彼女が七十二歳で引退してからは、私は主婦に戻った。小説も書いているから、探しものなどしている暇はない。一番大切なのは、一目瞭然という暮らしができるように、ものを減らすことであった。

原稿は数万枚焼いた。写真も数千枚断裁した。押入いっぱいの新品は、教会のバザーに出した。陶器もあまり使わないものは、どんどん新家庭にもらってもらった。

家の裏も片づけて、余計なものは一切置かない。同時に家の中にもルールを作った。「椅子、テーブル、床は物置き場に非ず」というルールである。配達された品物は、必ず夕方までには片づける。それが食品なら、自宅で食べられるだけ大切に、冷凍したり、乾物は貯蔵の棚に分類しておく。多い分は秘書たちにその日のうちに分けてしまう。夜電気を消すまでに、未整理の品物は一切ないようにした。これで翌日の掃除が楽になるのである。

中高年のよさは、大体、あと何年生きればいい、という推測が可能になったことで、もちろんその間に大病をするとか、地震に遭うとか、自立が不可能になるとか、予想外の運命の出現は大いにあり得ることなのだが、それでもなお、推測の範囲はずいぶん縮められて来たのである。だからもっと年寄りはお金遣いが自由で巧者にならなければならないと思うのである。

『人生の収穫』河出文庫

希望は持ちすぎないこと

私自身が死ぬまでに、本以外の私物を、できるだけ片付けなければならない、という思いが心の底にはある。本は朱門と息子と孫の専門にもいささかかかわるものが多いので、私は手が出せない。しかし私は、小心さの故に用意がいい面もある。

私は自分が死んだ時に着せてもらう衣類一式を、もう十年くらい前にシンガポールで買った。マレー語を話す人たちの着る裾の長い普段着である。以来出してみたこともないので、純白がもう黄ばんでいるかもしれないが、なあにどうせ着て外へ出るわけではないのだからどうでもいい。しかし私は、その服を楽しんで揃えたのだ。私は和服よりもマレー、インドネシアなどの女性たちの着る服がよく似合ったので、日本でも家では始終着ていたのである。

私らしさを失わずに、整理して、できれば端正にこの世を終わりたい、というのが私の希望だ。もっとも希望はほとんどと言っていいほど叶えられないことになっている。私は「もの書き」になりたい、という唯一の希望をすでに叶えられたので、それ以上の希望はあまり持たないようにしている。

『夫の後始末』講談社

私の家には表示がない

我が家のお墓には「××家」のような表示がない。小さな墓石だけで、ただ前面と後に、「神に感謝いたします」「私たちの罪をお許しください」という意味のラテン語が彫ってあるだけだ。

その墓はしかしすでに、私たちの未来の家であった。朱門と私は墓を作った時、そこに二人の縁続きになるすべての人を入れるつもりだったのである。すでに朱門の両親、私の母、朱門の姉とその夫の分骨も入っている。いずれも、それを望んだ人たちのものである。だから名字から言うと、三つの名前の人たちがいる。それらはすべて血続きの家族であった。こういうやり方は、日本の伝統的な家中心のお墓の作り方では許されないものなのだろう。生きている時、私は朱門の両親と、私の実の母と暮らしたので、死後も同じような家族でいたかったから、そうしたのであった。

石屋さんがお墓の前面の石を退けて待っていてくれたので、私は改めて中を覗き込んだ。内部には六人分のお骨箱を収められると聞いていたが、その通りだった。私はこの次に自分がおかれるはずの空間を見ていた。

「七人目が亡くなったらどうするんですか？」

と私は聞いたことがある。すると「お墓の底は土のままになっているので、一番古い死者のお骨からそこへ空けて、大地に戻すのです」という返事だった。いい制度である。

息子が明るい声で、神父と雑談していた。

「神父さん、この斜面なんか何百年か経ったら、きっと崖崩れで平地になってますよ」

『夫の後始末』講談社

愛は恋愛だけではない

最後に残すべき大切なものは「愛」だけだといったら、また歯の浮くようなことを言うと嫌われそうだが、死ぬ時に、人間としてどれだけ贅沢な一生を生きたかは、どれだけ深く愛し愛されたかで測ることになる。愛は恋愛だけではない。

男女の性の差も、身分を超えた、関心という形を取った愛の蓄積である。それ以外のものは大地震の時の陶器のようにぶっ壊れる危険に満ち満ちているから、とてもカウントの対象にはならない。

『自分の顔、相手の顔　自分流を貫く生き方のすすめ』講談社文庫

【出典一覧】

●書籍

『旅立ちの朝に――愛と死を語る往復書簡』曽野綾子・アルフォンス・デーケン　新潮文庫
『別れの日まで――東京バチカン往復書簡』曽野綾子・尻枝正行　新潮文庫
『野垂れ死にの覚悟』曽野綾子・近藤誠　KKベストセラーズ
『人間の基本』新潮新書
『幸せは弱さにある』イースト新書
『人生の後半をひとりで生きる言葉』イースト・プレス
『至福の境地』講談社文庫
『誰にも死ぬという任務がある』徳間文庫
『晩年の美学を求めて』朝日文庫
『悪の認識と死の教え　私の実感的教育論』青萠堂
『中年以後』光文社文庫
『辛うじて「私」である日々』集英社文庫
『人びとの中の私』海竜社
『貧困の僻地』新潮文庫
『バァバちゃんの土地』新潮文庫
『人は皆、土に還る』祥伝社
『人間関係』新潮新書

『酔狂に生きる』河出書房新社
『人生の収穫』河出文庫
『不運を幸運に変える力』河出書房新社
『曽野綾子自伝　この世に恋して』ワック
『国家の徳』扶桑社新書
『生身の人間』河出書房新社
『神さま、それをお望みですか　或る民間援助組織の二十五年間』文藝春秋
『老いの才覚』ベスト新書
『人は怖くて嘘をつく』扶桑社新書
『不幸は人生の財産』小学館
『私を変えた聖書の言葉』海竜社
『紅梅白梅』講談社文庫
『夫の後始末』講談社
『仮の宿』ＰＨＰ文庫
『人間の愚かさについて』新潮新書
『自分の財産』扶桑社新書
『謝罪の時代　昼寝するお化け〔第八集〕』小学館
『曽野綾子選集２』読売新聞社
『続・誰のために愛するか』祥伝社黄金文庫
『親子、別あり』曽野綾子・三浦太郎　ＰＨＰ研究所

『緑の指』ＰＨＰ文庫
『老境の美徳』小学館
『完本　戒老録　増補新版　自らの救いのために』祥伝社
『自分の顔、相手の顔　自分流を貫く生き方のすすめ』講談社文庫

●雑誌
『新潮45』２０１８年8月号　新潮社
『毎日が発見』２０１６年5月号　ＫＡＤＯＫＡＷＡ
『Voice』２０１９年4月号　ＰＨＰ研究所

※一部において出典著作の文章と表記を変更してあります。

曽野綾子（その あやこ）

1931年、東京生まれ。54年、聖心女子大学英文科卒業。79年、ローマ教皇庁よりヴァチカン有功十字勲章受章。93年、恩賜賞・日本藝術院賞受賞。97年、海外邦人宣教者活動援助後援会代表として吉川英治文化賞ならびに読売国際協力賞を受賞。98年、財界賞特別賞を受賞。1995年12月から2005年6月まで日本財団会長を務める。日本藝術院会員。2012年まで海外邦人宣教者活動援助後援会代表。2009年10月から2013年6月まで日本郵政株式会社社外取締役。『無名碑』『神の汚れた手』『湖水誕生』『神さま、それをお望みですか』『天上の青』『夢に殉ず』『陸影を見ず』『哀歌』『晩年の美学を求めて』『アバノの再会』『老いの才覚』『私日記』(シリーズ)『引退しない人生』『三秒の感謝』『幸せの才能』『私を変えた聖書の言葉』『時の止まった赤ん坊』『老いを生きる覚悟』『イエスの実像に迫る』『老年を面白く生きる』『夫の後始末』ほか著書多数。

死学《しがく》のすすめ
死《し》はおそれるものではなく学《まな》ぶもの

2020年4月15日　初版発行

著　者　曽野綾子

装　丁　坂川事務所
著者撮影　篠山紀信
本文デザイン　アクアスピリット
校　正　啓文社
編　集　川本悟史（ワニブックス）

発行者　横内正昭
編集人　岩尾雅彦
発行所　株式会社 ワニブックス
〒150-8482
東京都渋谷区恵比寿4-4-9 えびす大黒ビル
電話　03-5449-2711（代表）
03-5449-2716（編集部）
ワニブックスHP　http://www.wani.co.jp/
WANI BOOKOUT　http://www.wanibookout.com/
WANI BOOKS NewsCrunch
https://wanibooks-newscrunch.com/

印刷所　株式会社凸版印刷
ＤＴＰ　アクアスピリット
製本所　ナショナル製本

ISBN 978-4-8470-9904-5